U0011757

探索問題比尋找答案更重要

學校沒教的事，就問大師

高橋源一郎
嚴可婷——譯

本書根據二〇一八年六月十日至十一日，於紀伊國國際高等專修學校舉辦的特別講座，重新整理內容而成。

紀伊國國際高等專修學校
和歌山縣橋本市彥谷51

這所學校成立於一九九八年，為了想要擁有更宏觀的國際化視野，對於自身與社會更深入思考的人而設，以小規模、重點式地授課，在課程中探討社會問題、國際問題，並設有英語教學等。學生來自全國各地，在二〇一九年四月時，學生人數約六十名，其中有八成的人住在宿舍。為了讓每位學生找到自己真正喜歡的目標，課程著重於讓學生自己做決定、舉辦多樣化的活動，並且從體驗中學習。

目錄

第二天・不知不覺，就下筆成章！ 75

我想嘗試這樣的教學

如果能去某間自己喜歡的學校，教導感興趣的課程也不錯。當我接到出版社委託時，腦中立刻浮現「紀伊國兒童之村學園」與那裡的孩子們，當然也隨即想起了學校裡的大人。

「紀伊國兒童之村學園」（接下來簡稱為「紀伊國學園」）的歷史可以追溯到一九八四年，由現在的學園長堀真一郎等人發起「新學校創造會」。他們為這個國家的教育方式感到憂心，想創立截然不同的學校而成立。

這項創舉深受兩位教育家的影響，包括提出「首先要讓孩子們幸福。一切都以此為出發點」，有「世界上最自由的學校」之稱的夏山學校創辦人亞歷山大・尼爾（Alexander Sutherland Neill），以及主張比起書本裡的知識，實際動手與身體力行才是教育根本的約翰・杜威（John Dewey）。他們以效法兩位先驅為長遠目標，在和歌山縣橋本市綠意盎然的深山中，創立了日本前所未有的新型態小學。那是一九九二年春的事。此後二十七年間，這株「教育的幼苗」除了校本部以外，也在山梨、福井、北九州萌芽，今年第五所校區在長崎誕生。

這五個校區都設有小學部與中學部（最早成立的「紀伊國學園」還附設高等專修學校），這幾處「新型態學校」以共通的理念成形。所謂新型態，是因為「沒有」許多學校存在的制度。就讓我引用堀學園長本人的話來說明。

1　不設年級。一個班級的成員包括不同年齡的學生。
2　日課表不標示一般的科目名稱。大部分是稱為「計劃」的體驗學習。
3　沒有作業。沒有上下課鈴聲。沒有考試。也沒有常見的聯絡簿。
4　校內不以「老師」稱呼大人。通常以名字加上「先生／小姐」或暱稱代替。
5　大人的薪水沒有差別。不分年齡與職種，全職人員的基本薪資全部都一樣。
6　學校沒有走廊。校舍沒有隔間。

7 學校不與地方社會隔絕。地方社會是極佳的學習場域，在地的人就是有才幹的老師。

8 沒有強迫性的儀式。沒有開學或畢業典禮，而是舉辦「入學慶祝會」、「此時不得不說再見的告別會」。

9 沒有校長室。校長的座位設在職員室角落，辦公桌跟其他老師相鄰。

10（還有最後一則）也沒有資金……!?

通常說明到這裡，大部分的人都會問：

「那你們學校到底有什麼呢？」

我們的答覆是：

「有很多有趣的事喲。」

——堀真一郎，《增補　自由學校的設計》，黎明書房

這所學校並不是簡單設立，沒有取得認可的自由學校，而是獲得文部科學省承

認的正式學校，為了保障學生的自由，所以採取上述原則。同時也盡量避免過於偏重知識的教學，但仍希望維持學生基本的「學力」。「新學校創造會」的成員有很多難題必須解決，所以他們花了八年才創設這所學校。

我造訪「紀伊國學園」大約是七年前。

當我踏進校園，打從心底感到訝異，或許那是因為看見這裡對於長久以來，我對「學校」這類空間所抱持的諸多懷疑之處，報以理直氣壯的回答，讓我深受感動。

這所「學校」每週會召開一次全校會議。只要是這所「學校」的成員，不分大人或小孩都會參加。所有跟這所「學校」相關的重大決定，都是在全校會議中決定。另外在投票時，不論小學一年級生或校長，同樣擁有一票的權利。

這麼小的小孩，究竟懂什麼呢？——比起我們常聽到的質疑，在這裡更注重的是尊重兒童的人格。不，應該說是尊重每個人的人格，以此為出發點建立全校會議。而且與其說這裡是作出決議的場合，不如說是教導接納異議的場所。

當然，這個世界上沒有烏托邦。所以即使在這麼理想的學校，仍存在著許多困難、矛盾與問題，但是大人們也不打算隱瞞。或許最吸引我的正是這一點。

我曾經多次造訪「紀伊國學園」，以及離我居住的地方最近的「南阿爾卑斯兒童村」，最後決定讓自己的孩子們入學。我並不是外部的觀察者，而是置身其中，一起思考。

由於跟這所學校有所關聯，我獲得了許多經驗，也思考了很多事。或許更該說是自己學到了很多。

在這裡，不論召開什麼樣的「會」，都不會要求孩子們整隊，因為毫無意義。學生可以站在自己想待的位置，或是從容地坐著，見證過程。

在各種「會」的場合，大人說的話都很簡短。因為他們只直接對學生說必要的內容。而且不論召開什麼樣的會，實際上執行、動員全體的也是學生們。大人依照學生的指示配合。因為學校的主角不是大人，而是孩子們。

不知不覺，我發現自己好像也成為這所學校的「學員」。在這裡「大人」與「小孩」之間，彷彿就像「作家」與「讀者」的關係。不論團體規模極小，或是龐大到難以想像，當共同體的成員思考著必須直接面對的問題，我總是想起學校裡召開會議的情景。

這次我授課的對象，正是前述「紀伊國學園」各校中唯一的高等專修學校「紀伊國國際高等專修學校」的學生。這所「紀伊國高專」，當然也承襲了「紀伊國學園」的理念與形式。儘管我在大學中已經「教導」了學生十四年，但是似乎從來沒有像這兩天的「講座」這麼緊張。如果大家願意詳讀內容，我將感到無比榮幸。

唯一可以確定的，就是從整個講座中獲益最多的人不是學生，而是我自己。

我由衷希望，像這樣的嘗試可以推廣到更多樣化的場所。

高橋源一郎

第一天

這些都應該讀！

什麼是「第五又四分之三堂課」的教學？

高橋　大家好，我是高橋源一郎。我是作家，也在明治學院大學任教，家裡有兩個小孩就讀跟這所學校有關的「南阿爾卑斯兒童村中學」，現在分別是一年級與二年級。我來這所學校應該是第三次。最早來到這裡是七年前，回想起來真令人懷念。距離當時已經過了七年，校舍雖然稍微有點折舊（笑），不過依然是所很棒的學校。最早來到這裡的時候，是由堀先生（學園長）親自導覽校內，他告訴我各種各樣的事。當時我第一次獲准參加全校會議，覺得那樣的會議真的很棒。因為一直還想再來，所以這次又有機會拜訪這裡，我真的很開心。

接下來我將跟大家一起上課，不過各位知道這究竟是怎麼回事嗎？這段課程的內容一開始就決定會出書。你們一定在想：真的嗎？對，是真的（笑）。這系列書將會由一家叫講談社的公司出版，邀請不同專門領域的大人，來到像你們這樣的孩子面前，發自內心好好說些話。這個企劃案是舉辦目前學校無法開設的課程，跟全日本其他孩子分享。其中第一堂課就是我們這堂講座，所以絕對不能失敗（笑）。各位可以把這個企劃案想成是種任務。

好的，首先我們必須決定的是名字。不論什麼樣的事，首先都從取名字開始。就像嬰兒誕生時要幫他／她取名字，我跟大家一起展開的這堂課，也需要一個名字。來到這裡之前，我已經想了一些。最好從來沒有人取過，光是聽到名字就覺得充滿期待又有趣，最好還能讓人明瞭課程的內容，我想取的是這樣的名字，不是像「數學」、「國語」、「生活與倫理」這類。所以，今天跟明天的課程名稱，將訂為「第五又四分之三堂課」的教學。那麼我們就開始上課吧。這位同學，你叫什麼名字？可以告訴老師嗎？

學生　我叫瑪雅。

高橋　好的，瑪雅同學。有件事我已經決定了。今天跟明天，我會採取跟之前在大學教書同樣的方法。在我的課堂中，總是會有「犧牲者」出現。別擔心，不會受傷的啦（笑）。只不過有個孩子會擔任這樣的角色，一直接受我的詢問。坐在我面前是妳運氣不好，今天就由瑪雅擔任犧牲者（笑）。

瑪雅 是。

高橋 而且這堂課還有副標題，大概就像綽號一樣吧。那就是「探索問題比尋找答案更重要」。

之前跟學校聯繫時，負責接洽這堂課的人問我：「『五又四分之三』是什麼？」我聽了覺得很感動。對於不明白的事加以確認，本來就是應該的。如果有人問我，我一定會回答。可是剛開始在大學教書時，我曾經感到很訝異。明明課堂上有一定聽不懂的部分，竟然沒有人提問！究竟為什麼呢？真是太不可思議了。所以我在第二堂課時保持沉默。在上課時間的九十分鐘內，我一直坐在黑板前的椅子上，一言不發。如果真的什麼事都不做，這樣其實也挺辛苦的（笑）。就這樣過了九十分鐘後，我開口說：

「嘿，你們不想問我為什麼不說話嗎？」

於是學生們回答：「我們想或許有什麼原因吧」、「那或許代表著某種指示」。

好吧，就某種意義來說，都是正確的回答，並沒有錯。我大概會提出某種指示吧，或是我的沉默代表某種意義，請大家思考那是什麼。不過，人生究竟會發生什麼無法預料，即使是在上課時，說不定是我忽然覺得身體不舒服，才不出聲。其實不管怎麼樣，試著發問不是很好嗎？所以稍早聽到校務人員詢問，我真的很高興。不過，我今天健康狀況良好（笑），預計說很多話，但是不會冗長到讓你們厭煩。

教學大綱中沒有提出的課程

高橋　好，我想很多同學已經看到「第五又四分之三堂課」的教學，其實這個名稱來自著名的《哈利波特》。通往故事舞台「霍格華茲魔法與巫術學院」的特快列車，是從倫敦國王十字車站的「九又四分之三月台」出發。你們覺得「九又四分之三月台」實際上存在嗎？

瑪雅　不曉得，因為我還沒讀過《哈利波特》。

高橋　你沒有讀過《哈利波特》！是這樣啊。那這位同學呢？

學生1　嗯，存在於故事中。

高橋　說得很好。那故事以外的世界呢？

學生1　現實生活中應該不存在吧。

高橋　好冷酷的說法喔——（笑）。「九又四分之三月台」存在於故事中。但是現實生活中應該不存在。我想大部分的人都會這麼說。不過我們沒有見識過世界的全貌，說不定還真的有。就算不是這樣，既然在「故事」中存在，還是會有人覺得世界上有「九又四分之三月台」，在想像的「故事」裡。那麼，大家覺得「第五又四分之三堂課」會是什麼樣的課程？

瑪雅　……不知道。

高橋　其實這段課程已經開始了喔。

一般學校裡的課程採用理科、英文或歷史等名稱。像這類課程多半都不太有趣。通常上課時會用到教科書，老師講解的是書裡的內容。學生只要背誦公式、單字或歷史事件發生的年代，然後在考試時解方程式，將略長的英文文章翻譯成日文，答對所有問題就可以了。做得很好，很棒。一般的課程是這樣進行。像這樣的課程也一定有優點吧。不過只是這樣就算課程嗎？我一直感到疑惑。不過我為什麼會抱持懷疑呢？請大家試著想想看理由。

在大學裡有所謂的「教學計劃」，我的課程也列在上面。當然這些課就像前面提到的，有取一般的名字，譬如「語言表現法」之類。不過那跟我想的有點不一樣，而且總覺得好像有點言過其實。如果課程取這種名稱，我自己其實不太想去聽。可是大學或是學校課程的名稱，通常都是這樣。

但是像「第五又四分之三堂課」這樣的名稱不可能寫在教學計劃上，也不可能列在課程大綱。所謂的課程大綱，簡單說就是「授課計劃表」。我一直到當了大學老師以後，才知道這種東西在學校不可或缺。或許是因為我在大學時代幾乎都沒去上課，所以不太清楚吧。好像大學課程的內容都必須詳細說明，提交文部科學省。

譬如一年有三十堂課，就必須列出每一堂課預計要教的內容，聽到這樣的規定我很驚訝。誰能預知一年內的事，頂多確定自己還活著吧！儘管如此，還是必須列出課程會用到哪些書當教材，要教什麼內容。真令人頭大。不過後來演變成我會教兩門課，包括「語言表現法」與「現代文學論」。可以確定的是，一門課是關於書寫，另一門課是關於閱讀，我只掌握到這樣的程度而已。

如果要解釋原因，對我而言所謂的「授課」必須面對眼前的學生——沒錯，就像你們一樣——才會真正想到要教什麼。如果各位根本不知道我是誰，也沒跟我說過話，卻從頭把這本書讀到這裡，聽起來是不是很空泛？我自己就這麼認為。各位覺得為什麼我會這麼想呢？

如果每件事都要從一開始就決定，豈不是很乏味嗎？開始上課後，出現某件未知的事物，於是加以思考，在課堂結束時瞭解原本不知道的事，這樣不是很好嗎？所以我在課程大綱寫下「未定」。像這樣經過三年之後，大學的教務課注意到這個情形，提醒我：其他的教授即使還沒決定要教什麼，還是會照規定寫喔。我回答：可是我不想填不實的內容。教務課說：但如果你什麼都不寫，完全置之不理，文部科學省會向我們追究。真傷腦筋，我也不想給校方的行政人員添麻煩。

於是我想起來自己也是作家。就當成在寫一部題名是「課程大綱」的小說好了。就像「第一堂課，看到天空覺得很感動」、「第二堂課，思考為什麼看到天空會覺得感動」（笑）。在我的網站也可以看到這些內容。從那時候起，我每年都會交出修訂版的課程大綱。

文學與哲學的角色是什麼？

高橋　接下來應該要回到「我究竟要教什麼」的問題，不過我想先從一切的開端說起。我所任教的單位是明治學院大學的國際學部。在大學裡所有的科目都是既定的。因為是國際學部，所以包括國際法、國際經濟、國際地域研究等與國際相關的科目超過一百多種。除此之外還有稱為一般教養的科目，則是從大一開始修的課程。到了大三就要修專門科目。不過在明治學院大學的國際學部，有其他大學沒有的科目。那會是什麼呢，瑪雅同學？

瑪雅　我不知道。

高橋　真的不知道，我來提供一點提示。線索就是我！

當學校聘請我去教書時，一開始我以為要在文學部開課。國際學部跟文學其實沒什麼關係。不過聽說明治學院大學在創設國際學部時，制定了兩門其他大學的國際學部不會有的科目，那就是文學與哲學。而且文學由我負責指導。不過為什麼會設立文學與哲學這兩門科目呢？其中是有理由的。瑪雅，你覺得是什麼？

瑪雅　我不知道。

高橋　別光說不知道，試著想想看吧（笑）。你們聽到原因可能會覺得驚訝。

全日本取名為「國際學部」的學部有很多，但是只有我任教的大學將文學與哲學設立為專門科目。在大學這樣的地方，進去後前兩年要學習各種領域的學問。所以即使是跟文學與哲學沒有關聯的學部，學生還是會學到這兩門科目。不過升上大三後，就只能修自己專攻的科目。以國際學部為例，就是像國際經濟或國際法、美國研究這類「國際化」的課題。不過為什麼在我任教的大學，即使升上大三，文學與哲學仍然是必修的專門科目，理由是什麼呢？

先給你們一個提示。你們覺得文學屬於什麼學科？譬如經濟學主修經濟，歷史學主修歷史，聽起來都很理所當然。那麼文學呢？

瑪雅　是語言嗎？

高橋　很好。文學是專門研究「語言與人」的一門學問。不過文學與其他的「學問」稍有不同。因為比起研究，文學更偏重讀、寫。那麼哲學又是什麼的學問？哲學專門思考「思想是什麼」。大家懂了嗎？

說得稍微簡單一點，經濟學是研究獲利與虧損，思考社會與金錢關係的學問。

不過，運用金錢販售與購買的是人。那麼經濟學對於人的部分，真的都很瞭解嗎？所以這就是文學發揮作用的開端。而哲學則是思考像這樣看待一件事，這樣的作法是否正確？

所以文學與哲學可以驗證其他專門學問的成效。不論什麼樣的學問都以人為對象，不論哪一種學問，都會以某種形式思考。不過其他的學問忙於研究，反而忽略了作為對象的人類內心深處，或是沒有餘裕察覺到，自己只顧著思考研究的目標，並沒有真正全盤思考。在這樣的情形下，做學問雖然有益，但是只顧著眼前而對其他事視而不見，這樣真的好嗎？沒關係嗎？所以可以作為驗證的正是文學與哲學。其他學問的任務是尋找答案，而相較於尋找答案，文學與哲學的任務在於探索問題。

通常在學校裡，學生透過教科書背誦標準答案，然後在考試中寫出正確的答案，就可以獲得滿分。但是文學與哲學卻不適用這樣的模式。甚至要思考究竟有沒有正確答案，這就是所謂的「探索問題」。我認為這是最重要的。

蘇格拉底為什麼不自己寫書？

高橋 好，我自己有寫小說，不過你們覺得世界上有「正確」的小說嗎？瑪雅同學？

瑪雅 我想沒有。

高橋 是吧？「正確的小說」聽起來就讓人覺得不舒服。當然，小說不會有「正確答案」。那哲學又如何呢？如果追溯哲學的起源，古希臘有個人叫作蘇格拉底。說起哲學家，這位蘇格拉底應該是歷史上第一位。那麼，你知道這位「人類最早的哲學家」蘇格拉底，他有什麼特色嗎，瑪雅同學？

瑪雅 我不知道！

高橋 好吧（笑）。蘇格拉底的特色是不自己撰述。所謂「蘇格拉底的書」，其實都是由他的學生柏拉圖與亞里斯多德書寫。那，蘇格拉底為什麼不自己動筆呢？

瑪雅 或許他自己也沒想通？

高橋 嗯——我想蘇格拉底應該沒有這麼笨（笑）。

如果由他本人書寫，等到很久以後大家認為「蘇格拉底是這樣想的」，那不就糟了？我自己這麼解釋。他不喜歡「自己的想法」受到侷限的詮釋。如果由其他人來寫，不就無從猜測蘇格拉底是怎麼想的？因為只有那個人認為「那個叫蘇格拉底的人是這樣想的」。

也許是不想被明確地解讀，所以刻意不寫下來。或許蘇格拉底對於將語言或思想留存在書中，抱持懷疑。蘇格拉底不說「真理是這樣的」，而是藉由與各種各樣的人對話，讓其他人經驗關於「真理」的思考。咦？說不定這堂課也是這樣喲。

我再舉一個例子。大家有沒有讀過《聖經》？《聖經》也一樣。其中的主角耶穌基督不是自己書寫。新約聖經裡有馬太、馬可、路加、約翰四卷福音書。每一卷都在記載耶穌說的話，但是分別經過馬太、馬可、路加、約翰四位不同門徒各自書寫，內容變得稍微有點不同。幸虧如此，我們不知道耶穌真正的想法是什麼。如果由自己書寫，那不就變成答案了嗎？或許就是因為這樣，所以耶穌讓四位門徒提出四次答案。藉由這樣的方式，讓後來的人思考他真正的想法是什麼。

蘇格拉底也是這樣。哲學原本就是在懷疑一切。那麼，我們最能夠確定的究竟是什麼？其實就是「自己」。所以首先從最明確的「自己」開始懷疑如何？蘇格拉底自己刻意什麼都沒寫，或許他想表現的是：要對萬事萬物存疑，就像這樣吧。

如果由自己書寫，就表示已經有答案。為了表示還沒有找到答案，他刻意不自己書寫，的確用心良苦。他不自己下筆，特地交給學生轉述。學生所注意到的部分各有不同，所以寫出來的內容也各異其趣。讀到這些內容，不禁讓人思索：究竟蘇格拉底或耶穌，真正的想法是什麼？每個人在不明白的時候，都會去思索吧。

所以基督徒思考了兩千多年。不只是基督教，其實佛教與伊斯蘭教的聖典，也都是由旁人代為記錄詮釋最重要的神佛「話語」。雖然上面寫著「這是神說的」，卻也是「門徒」自己這樣寫。於是人類數千年以來，一直都處於「探索問題比尋找答案更重要」的狀態中。

接下來我要公布第一天課程的主題，那就是「這些都應該讀！」。

課程的名稱聽起來好像有點奇特。其實在兩年前（二〇一六年）岩波出版社曾經幫我出過一本書，叫作《請讀這些書！——在「明治學院大學國際學部　高橋源一郎講座」讀岩波新書》。這是由講座的學生跟我一起完成的書，根據頗為獨特的企劃案編輯而成。

如果要解釋這是什麼樣的企劃案，那就是召集全日本最優秀的老師，在大學舉辦特別講座，讓學生在現場跟老師討論。當時請到的包括教授哲學、憲法以及詩的老師，也就是詩人。當時我也列在這群全日本最優秀的老師人選。雖然這個企劃聽起來很有趣，但是仔細想想其實很辛苦。

假設邀請到日本最精通憲法的老師來上課，但是學生對於課程的內容卻完全聽不懂，那就毫無意義。所以在講座開始前學生要先自習半年，快上課前展開集訓，準備與老師對決。所以那一系列書是費了很大的工夫才完成的。而現在正在進行的是第二本書的企劃，主題是「不知不覺，就下筆成章！」。這次我將這兩本書的書名，作為這兩天課程的名稱。

「試著合乎邏輯地思考」——《納尼亞傳奇》裡的教授

高橋　好，那就開始吧。我要帶大家去一個神祕的地方。不過先讓我把眼鏡戴起來。少了老花眼鏡我就沒辦法讀（笑）。我們來看第一張講義。這是從《納尼亞傳奇》節錄的內容。各位同學有讀過《納尼亞傳奇》嗎？讀過的人請舉手。

（大約有十位同學舉手）

哇！大家好厲害呀。這是其中《獅子・女巫・魔衣櫥》的一小段落。我想讀過《納尼亞傳奇》的同學應該都知道，這是以四個兄弟姊妹為主角的故事，時空背景在第二次世界大戰時的倫敦。他們依照長幼次序是彼得、蘇珊、愛德蒙、露西，為了躲避戰亂，所以離開父母疏散到鄉下，住進一棟古老的房子。這棟屋子老舊且帶有陰暗的氣氛，彷彿充滿了謎。

某一天，他們在寬廣的房子裡一起探險，露西進入裡面有古董衣櫥的房間。接下來她進入衣櫥，無意間想觸碰衣櫥的後壁，卻進入了飄雪的另一個國度「納尼亞」。露西在那裡遇到了人羊吐納思先生，然後又回來了。她將自己的遭遇告訴彼得等其他人，但是沒有人相信。因此露西又再次進入衣櫥，尋找納尼亞王國。比露西稍微大一點的愛德蒙跟在她後面，也去了納尼亞，但是愛德蒙有點壞心眼，回來後跟大家說自己什麼都沒發現。這一家的手足之間為了露西是否說謊而意見不合，於是彼得與蘇珊去找這棟屋子的主人「教授」尋求協助。

大家所拿到的講義，就是諮詢這一幕的內容。從第七十一頁開始，請大家試著讀讀看。

「可是這樣的話——」蘇珊想說什麼，又停頓下來。她作夢也沒想到大人會像教授這樣說話，所以不知道該怎麼想。

「邏輯！試著合乎邏輯地思考。」老教授說，也彷彿在自言自語。「現在的學校難道都不教邏輯嗎？可能只有三種——你們的小妹在說謊，或是她精神錯亂，否則她說的是事實。我們知道她沒有說謊的習慣，很明顯地她也沒有發瘋。這麼說來，只要沒有其他證據出現，顛覆原來的推論，我們可以判斷你妹妹說的是真的。」

蘇珊仔細地凝視著老教授。從他的表情來看，並不像在作弄他們。

「但那怎麼可能是真的，教授？」彼得問。

「你為什麼這麼說？」教授反問。

「首先，如果那是真的，應該每個人跨入衣櫥時都會發現。可是我們去查證時什麼都沒看到，就連露西在當下，也沒有裝出有看到的樣子。」

「那能代表什麼？」

「可是教授，如果那是真實存在的世界，不是應該一直都在那裡嗎？」

「是嗎？」教授說。彼得聽了完全不知道該怎麼回答。

「可是時間又要怎麼解釋？」這次輪到蘇珊問。「就算真的有這樣的國度，露西也不可能有時間離開。儘管如此，當我們離開房間後，她立刻跟上我們。過程不超過一分鐘，但是她表現得好像去了幾個小時。」

「就是這個原因，讓我覺得露西的話聽起來是真的。」教授說。「如果在這棟屋子裡真的有入口通往其他世界（而且我必須警告你們，這是一棟非常奇特的房屋，有很多事連我都不瞭解）——假設露西走進另一個世界，而那個世界的時間跟這裡不同，我也絲毫不會感到訝異。也就是不論在另一個世界待多久，在我們這裡的時間卻幾乎不變。另一方面，我不認為像她這個年紀的女孩，能夠自己創造出這樣的概念。如果她是在跟你們玩想像的遊戲，應該花更長的時間躲起來，然後才走出來告訴你們她的發現。」

「可是教授，」彼得說，「難道您真的認為有其他世界存在？無所不在，甚至一轉彎，立刻就會遇到嗎？」

「沒有比那更有可能的事喔。」教授邊這麼說，邊摘下眼鏡開始擦拭鏡片，喃喃自語嘀咕著：「現在的學校究竟都在教些什麼呢？」

高橋　好，瑪雅同學，請說出你的感想。在我的課堂都是像這樣，立刻詢問學生感想，是種帶有壓迫感的教學（笑）。如何？

瑪雅 ……很有趣。

高橋 很有趣呢。不過，你覺得什麼有趣？

瑪雅 ……我自己也不明白。

高橋 那你覺得如何？

學生1 我的感想嗎？嗯……怎麼說，究竟合不合邏輯……感覺跟現在的世界似乎很像……

高橋 那這位同學呢？你讀過《納尼亞傳奇》嗎？你最喜歡其中哪一位人物？

學生2 我喜歡露西。教授所說的話雖然合理，但似乎也有些轉移焦點。如果我在諮詢時遇到這樣的情形，說不定會指出那是想像的故事吧。

高橋 你讀過《納尼亞傳奇》嗎？

學生3 有，我讀過一遍，但是不記得這一幕。如果是我的話，除非親眼看見，否則難以接受。我想彼得跟蘇珊因為沒有親眼看見，所以無法相信。

高橋 好的。你呢？

學生4 我的感想啊。我覺得教授像偵探。架勢十足、不透露案情的偵探。

小說並不存在著「誤讀」

高橋 謝謝大家。

在一般的課堂中，會選讀書本或教科書，由老師解釋內容。不過那通常是小說或詩，這本書實在無法歸類在同樣的文類。不過最大的問題不在這裡，而是像小說或詩這類沒有答案的作品，卻要像其他教材有答案的科目一樣加以說明。譬如這篇小說的作者是這樣想，而寫下來的。

但真是這樣嗎？小說或詩就像前面提到的蘇格拉底思想或福音書，作者不會自己表態說「我是這樣想的」。當然也不會寫「我認為有納尼亞王國」。他只書寫關於「納尼亞王國」的事。我們其實不曉得這四個兄弟姊妹是否真的去了納尼亞冒險。說不定這些全部都是露西的幻想。

在我的課堂上，會讓大家讀某篇文章，詢問各位的感想，所以我不會說：這樣的意見有點奇怪。因為說不定大家都這麼想，只有我抱持不同的想法。我的意見不一定是正確的。因為本來就連有沒有正確答案都無法確定。順帶一提，我跟這個故事的作者一樣有在寫小說，其實寫小說的人有共同的想法。你認為那是什麼呢？瑪雅同學。

瑪雅　希望大家天馬行空地想像之類……

高橋　沒錯！不論什麼樣的作家，都希望人們喜歡自己所寫的小說。不過，如果人們讀了作品後想了很多，其實更令作家高興。

以前我曾寫過題名是《與「惡」對抗》（悪と戦う）的小說。於是我收到來自讀者的感想，連身為作者的我自己都無法想像，讓我很驚訝。

譬如有人告訴我「真的好厲害喔！竟然有與惡共同對抗的故事。一直以來，我都覺得『惡』是必須懲治的對象，這篇小說描述了與惡共同奮戰的情節」，因為對方把標題解讀成「Fight with evil」，不過我身為作者，卻完全不這麼想。聽到這樣的感想後，我第一次重讀自己寫的這篇小說，結果讀起來的感覺就像這位讀者說的一樣。

以我的創作為基礎，這個人可以讓作者產生不同的觀感，我覺得這真是件值得慶幸的事。

有個詞叫作「誤讀」。正確的解讀只有一種，除此之外的讀法全部都是「誤讀」，其中有「誤」這個字，表示是錯誤的。不過我不這麼認為。

因為已經書寫下來的文字可以讓人自由解讀。讀者察覺到連作者都沒有發現的事，反過來影響作者。小說的世界就是這麼寬廣，所以連作者都不曉得自己遺漏了什麼。

想像力形成的由來

高橋 我們再回到原先的話題。我想聊聊自己讀了《納尼亞傳奇》以後，特別注意的地方。那就是教授。雖然大家對於教授似乎沒什麼興趣，我卻感到很好奇，其中有幾個原因。首先他的年齡跟我相近（笑）。他好像已經上了年紀。接下來彼得與蘇珊說出合乎一般常識的推論，教授卻反問是這樣的嗎？這表示他不認為符合常理就一定是對的。所以他說：「現在的學校究竟都在教什麼？」

不過，奇幻世界真的不存在嗎？其實這是非常重要的概念。你們知道嗎？以前的人常遭到狐狸或狸貓欺騙。也有學者研究人類受狐狸或狸貓矇騙，究竟持續到什麼時候。甚至在昭和三〇年代出版的書籍，還有提到這類事件。不過好像自此之後，就很少聽到相關的傳說。

仔細想想有點奇怪。書上說狐狸與狸貓應該不是忽然喪失騙人的魔力。雖然我們甚至不確定牠們有沒有這種力量。似乎是人類提高警覺，盡量不要上當。也就是說，作者表示人們越來越不相信狐狸與狸貓可以愚弄人。

對了，瑪雅同學，你的爺爺奶奶還健在嗎？

瑪雅 我的奶奶還在，不過爺爺已經過世了。

高橋 那麼，你的爺爺現在已經化為靈魂，你覺得他的靈魂在哪裡呢？

瑪雅 欸……我有時候覺得爺爺要是還活著就好了，可以跟奶奶一起作伴……

高橋 那也太好了吧（笑）。有些人認為世界上沒有鬼，但是爺爺奶奶過世後，又不覺得他們消失了。為什麼呢？原因是什麼？

請每位同學都試著去思考理由。我自己也是。我的父母都已經過世，不在這個世界上了。我明白這一點。不過，有時候我會想起父母。只要閉上眼睛，試著去回想，他們過去所說的話、當時的模樣，甚至微小的細節都會清晰地浮現。不過他們確實已經不在了。這麼一想，就覺得不可思議。

就在不久之前，我去參加某位作家的喪禮，當事人比我稍微年長幾歲，以前我們常聊天。當時我跟這位作家的其他朋友談話，竟然覺得他好像還沒死。忍不住覺得他彷彿就在身邊，輕拍我的肩膀說：「高橋，你還好嗎？」雖然理智上確實明白，但我想自己不論身體或心靈都無法接受他已經不在的事實。

我們的這個部位（在心臟附近），是不是好像有什麼？應該說有時候似乎有某種東西存在著。對了，就像電影《龍貓》，明明孩子們看得到龍貓，大人卻看不見。或許就像這樣的情形。在年紀小的時候看得見，長大以後就看不到了。有很多作家都描寫過這樣的情節。在現實生活中，龍貓應該不存在吧。不過，總覺得好像有什麼存在。無法說清楚，隱隱約約感覺到什麼。那就是想像力形成的由來。

試著對「絕對不可能的事」抱持懷疑

高橋　假設以一般的定義，有邏輯地去思考——就現實來說，衣櫥後面怎麼想都不可能有納尼亞王國。在學校裡，應該也不會思考關於靈魂的事吧？因為人們普遍認為那是現實中「不存在」的事。而且通常所謂的邏輯，只限於思考現實中存在的事物。但是這位教授不一樣。他所謂的「邏輯」也包括現實中不存在的情形。究竟在現實中存在與否，他並不在乎。這一點真的很棒。我們再讀一遍最後的段落吧。

「可是教授，」彼得說，「難道您真的認為有其他世界存在？無所不在，甚至一轉彎，立刻就會遇到嗎？」

「沒有比那更有可能的事喔。」教授邊這麼說，摘下眼鏡開始擦拭鏡片，喃喃自語嘀咕著：「現在的學校究竟都在教些什麼呢？」

——摘錄自前文

高橋　彼得就像平常在學校或家裡所學的，依循常識，認為「另一個世界」「絕對不可能存在」。相對於此，正因為「絕對不可能」，所以教授說：「沒有比那更有可能的事喔。」他究竟為什麼會這樣說呢？

如果「絕對不可能的事」出現在眼前，我們不會想到那麼多。但是教授卻說正因為如此，或許更值得思考。也說不定真的「絕對不可能」。就算思考後的結果如此，其實也沒有關係。不過目前為止，那些獲得意外發現的學者或冒險家，以及藝術家，即使聽到旁人說「絕對不可能」，仍然獨自抱持懷疑，試著繼續前進。

因此，教授所說的「邏輯」跟我們平常所學到的邏輯不太一樣。不過教授似乎認為世界其實很遼闊，還有各種各樣你們所不知道、甚至無法想像的事物，所以如果想做決定，不妨等到以後，首先應該要更相信自己的心。我想這是他所要表達的訊息。

我認為好老師應該保持沉默，直到學生提出問題。而且如果聽到問題，不是直接告訴學生答案，而是反問。這樣的老師不直接提供答案，而是將學生發問時發現的問題擴大，形成更大的疑問。

今天我還想向大家介紹幾位我欣賞的老師。在這所「紀伊國學園」裡的成員，以「大人與小孩」稱呼，不過在一般的學校是「老師與學生」。而且這時候的「老師與學生」指的是「知道答案的大人」、「獲得答案的小孩」，感覺上老師似乎比較偉大。我在大學裡也是「老師」，但是我不喜歡這種角色。因為高高在上，知道答案，所以由學生尊稱為老師。如果要解釋原因，或許是因為我在當老師前本來是作家。

我認為「老師與學生」的關係不就像「作家與讀者」嗎？不過話雖如此，一般來說，「作家」是寫書的人，「讀者」只不過是讀過某位作家所寫的書。當然讀書本身也有樂趣，但如果只是一直等待別人出書，難道不覺得無聊嗎？當然在現實中，所謂的讀者可不像緊握刀叉嚷著「媽，可以開飯了嗎？」的孩子，只會被動地坐在桌前等待上菜。

「作家」如果沒有「讀者」就什麼事都不能做。也就是說，除非有「讀者」，否則「作家」並不存在，就是這麼一回事。即使寫出一些東西，印刷出來堆在書桌前，大喊「看吧，我可是個作家呢！」，只要沒有人讀那本書，「作家」就還沒有誕生。這跟「老師與學生」的關係非常相似。因為有學生存在，聆聽這個人的話，接下來，還會有人去跟這個人說話。也就是因為有學生，所以老師才能夠存在。如果要「合乎邏輯」地思考，應該是這麼一回事。

依照「常識」來看，「作家」很了不起，「讀者」應該心存感激地閱讀「作家」所寫的內容。依照「常識」來看，「老師」什麼都懂，名為「學生」的一群孩子最好記住「老師」教導的所有事情，而且能記得越多，就是「好學生」。在《納尼亞傳奇》出現的這位教授卻不這麼想。如果依照「邏輯」思考，就知道事實並不是這樣。不過各位其實都很清楚吧。

譬如在「紀伊國學園」，你們會以暱稱譬如「加藤茶」稱呼大人對吧？像「加藤茶」聽說是我家小孩就讀的「南阿爾卑斯兒童村」的校長。所以大概才小學一年級，這麼小的孩子可以使喚校長「加藤茶，來這邊喲」（笑）。那是因為在這所學校，「大人與小孩」沒有長幼尊卑的關係。

最能夠象徵這一點的，就是廢止「老師與學生」的稱呼。因為在紀伊國學園，所謂的「大人與小孩」，已經沒有師生之間的上下關係。我雖然是孩子的父親，但是在小孩出生前並不是家長。所以我是在小孩誕生後才成為父母。也就是孩子讓我成為「父親」。我想《納尼亞傳奇》裡教授想表達的，就是這個訊息。如果有邏輯地思考，大人跟小孩擁有同等的權利。甚至孩子優先於父母。如果真的有「邏輯」地思考，答案很可能與常識背道而馳。

是哪位老師引導我成為作家？

高橋　不過，我想先說明一下，為什麼會想跟各位提起《納尼亞傳奇》裡的教授。有一次我正準備上課時，突然想到一件事。我在三十一歲時成為小說家。可是，究竟是哪位老師影響我成為小說家呢？

讀小學的時候，我常常透過教室的窗戶望著天空，心想「真希望快點下課啊」，所以不記得課堂上都在教些什麼。中學與高中時忙著升學考試，在考試前一天反正就是全部背起來，考完以後就全部忘得一乾二淨。接下來好不容易進了大學，但是去上過的課總共也只有五堂。就像這樣，在漫長的校園生活中，我幾乎什麼都沒學到！那我為什麼能夠成為作家？我總覺得好像有人在引導我。你們覺得影響我成為作家的「老師」是誰？

學生1 你是無意間就成為作家嗎？

高橋 如果是這樣就好了（笑），我可沒有這樣的能耐呀。瑪雅同學，你覺得是誰？

瑪雅 嗯……父母？

高橋 可惜不是。我的父母對於我所做的事，完全不感興趣。教導我寫小說的其實是……

學生2 書本之類？

高橋 答對了！書本裡有老師。我喜歡的作家有很多，我嚮往成為那樣的人，試著模仿，閱讀這些人的生平、所寫的作品，不知不覺我也成為作家。我就不在這裡一一列舉這些作家的名字。如果有一天，又有機會來幫你們上課，到時候我會提到許多作家的名字，還有很多作品名稱，甚至朗讀其中一節。

舉例來說，我是如何找到「老師」的呢？有時候只是偶然，沒有特別的理由，就是讀書時自然而然發現。也有可能是在別人推薦，覺得很有趣的書中發現。儘管如此，書裡存在的並不是作者本人，只是作家創造的人物與故事。當進入稱為「作品」的房間時，其實裡面根本沒有教導我的「老師」身影。

請試著想像，進入「教室」後，發現空無一人。只有講壇與黑板，以及學生們的課桌椅。黑板上寫了很多字，最後的段落寫著「老師稍微離開一下，在等待時請讀那邊寫的內容」，因此我開始讀前面的文字。竟然這麼有趣、令人期待，那些字究竟代表什麼意思呢？如果老師來了，我一定要試著直接發問。雖然心裡這樣想，不過老師最後還是沒有出現。於是我離開教室。然後……接下來好一陣子，我還想繼續去那間「教室」。甚至過了幾年以後，再進入教室，老師果然還是不在，只看到講桌、黑板與課桌椅。而且黑板上還是有很多字，最後寫著「好久不見，你好嗎？

老師本來一直在這裡等你，我先出去喝一下咖啡就回來」。或許在這間「教室」裡，一直都有老師等著回答我的問題。

如果自己不曾探索，就不會遇到老師

高橋　舉例來說，我很喜歡湯瑪斯．曼的小說《威尼斯之死》，這是關於某位年邁的作家去威尼斯旅行，迷戀上一位美少年的故事。由於兩人年齡相差懸殊，甚至無法表達自己的心意，老作家只能遠遠地凝視著這位年輕人。

我大概每隔五到六年就會重讀這篇小說，不可思議的是，雖然我已經讀過好幾次，重讀的時候總會有新發現。就像在「教室」中，我不經思索告訴老師：「我最近重讀了這本書之後嚇了一跳。過去幾十年來，我一直以為是處於人生最後階段的老人，對於青春感到憧憬的故事，不過仔細一想，我的年紀竟然已經超過這位老作家了！說不定這位老作家也不覺得自己上了年紀，這個發現豈不是很驚人嗎？」老師聽了以後微笑著對我說：「你終於察覺到了，你以前只看到這個人物的年齡，就認為他是老人，就像大部分的人一樣。不過人很難察覺到自己實際上已經老去，只有在照鏡子時看到自己的臉，會感到訝異。」

這樣的事在讀書時經常發生。存在於書中的老師，必須主動去見他，而且除非自己提出重要的問題，對方不會提供任何答案。只有翻開書本閱讀，才會見到老師。所以我認為，一定要自己去找老師。而且真的說起來，這位老師最好是已故的作家（笑）。湯瑪斯・曼也是已經過世很久的人。

在離我書桌最近的書架上，擺著岩波文庫的書籍。有一次我忽然發現，這些書的作者幾乎都已經不在人世了。在這些書的對面有另一個書架，上面擺著還在世的作家的作品。究竟哪一邊的作者給我比較豐富的啟發呢？感覺上，似乎應該是還在世的作者跟讀者有較多對話，因為已經過世的人，無法再多說什麼了。但是不可思議的是，那些不在人世的作者，彷彿正栩栩如生地教導我更多！

如果要解釋原因，已經過世的人所寫的書，已經持續「活了」數百年，甚至數千年，因為一直以來大家都想接近這本書，想聆聽書中老師的話。但是在世作家所寫的書，幾乎過了數年以後，就已經沒有人再感興趣了。或許那是因為這本書裡的老師，每年在黑板上寫的話幾乎都一樣。

能夠在字裡行間持續活下去的人，感覺似乎比一般還在世的人更有存在感。嗯，不過《納尼亞傳奇》裡的教授，在過世前原本就不存在（笑）。他認為「納尼亞王國」正因為「看似不可能」所以「的確可能存在」，或許這正是他自身的寫照。認為某件事「可能」當然很好，也是件好事。照一般常理來看，《納尼亞傳奇》裡教導四個兄弟姊妹許多事的老師應該「不存在」，但是我認為那位老師絕對「存在」。所以如果我在思索什麼，或是有什麼煩惱，都會想去找那位老師。而且到時候那位老師一定願意提供諮詢。

「自殺也無所謂嗎？」——鶴見俊輔的答覆

高橋　那麼，接下來我們來讀鶴見俊輔這位哲學家的文章吧。

我的兒子很喜歡讀《生存的意義》，這本書的作者高史明的兒子岡真史自殺了。我兒子是在小學四年級時閱讀《生存的意義》，而岡真史在十四歲自殺，大約是在兩年後，也就是他讀小學六年級的時候。我兒子感到動搖，跑來問我：

「爸爸，難道自殺也無所謂嗎？」

我回答：「在兩種狀況下，例如捲入戰爭，上級命令你去消滅敵人，但是你不想這麼做，自殺也無妨。因為你是男的，若不願意強暴女人，可以先上吊自殺。」除了那次以外，我沒有跟他提過男女之間的事。因為我自己也沒有把握，究竟怎樣才是對的。

我到中年以前，始終認定自己不想要小孩。後來改變想法，有了小孩以後，曾經告訴他說，因為你不是出於自願來到這個世界上，所以你殺了我也沒關係。

那為什麼不可以殺人呢？如果孩子直接問我，我會這樣回答：

你只能自己判斷。如果有人要來奪走我的性命，我會逃走（除非是我的孩子想殺我）。我不會反擊。所以如果我遭到殺害，就某種意義來說，自己的問題倒也徹底獲得解決。

如果有人意圖行兇，而我正好待在能夠遏止犯罪的地點，我應該會阻撓對方，甚至先下手為強，殺掉兇嫌也在所不惜。

不過回歸問題的根本，為什麼一定要殺人呢？

你只能自己思考之後選擇。如果你產生殺人的念頭，試著思考得手後會怎麼樣，若是會帶來對自己不利的結果，你是否做好心理準備接受一切？如果你仍然打定主意，我會盡量不跟你打交道，也打算勸其他人對你提高警覺。

對於想自殺而前來找我諮商的人，我不會評斷自殺是好或壞。我會仔細詢問對方為什麼想自殺。告訴他說：即使你現在想自殺，說不定以後又改變想法了，要不要稍微延後看看？這麼做是先擱置主要的問題，轉換到衍生的問題。

我們是否不應該殺人？是否不可以自殺？關於這個問題，從科學的角度來看並沒有答案。

——鶴見俊輔，《重新定義教育的嘗試》，岩波書店

高橋 說說看你的感想，瑪雅同學。

瑪雅 從「我到中年以前」這句話到最後，我不太懂是什麼意思。

高橋 嗯。因為內文沒有說明。那開頭的部分如何？

瑪雅 好像可以理解。

高橋 鶴見先生也是我重要的老師。鶴見先生是哲學家，也是他把實用主義的思想引進日本。今天不會詳細解說這部分，不過其實這所「紀伊國學園」的教育理念，跟實用主義的代表哲學家約翰・杜威的教育論很相似。所以請各位把鶴見先生想成曾祖父般的長輩。接下來我要發問嘍。如果將來你們的孩子問：「媽媽，我可以自

殺嗎？」你會怎麼解釋？請立刻回答。

學生1 我無法回答。

高橋 你的意思是，身為母親無法回答嗎？

學生1 我會告訴孩子，不要自殺……因為生命很寶貴……

高橋 可是人家已經不想活了。如果孩子反問，既然連命都不要了，為什麼還非得愛惜生命不可呢？

學生1 我可能會保持沉默。

高橋 嗯……真是傷腦筋。那你呢？如果孩子問你，說如果我想自殺，可不可以？你會怎麼回答？

學生2 你為什麼想死？

高橋 我不想說。

學生2 那就不行。

高橋 這樣聽起來好像沒啥說服力耶。那你能夠回答嗎？媽媽，我不想活了，我可以自殺嗎？

學生3 欸？……

高橋 這真的很難呢。聽到這種問題，通常都會說不出話來吧（笑）。那就去問佐志（堀比佐志校長）吧。爸爸，我想去死可以嗎？

佐志校長 爸爸會傷心難過，所以不要啦。為了爸爸請不要死。

高橋 抱歉。雖然我瞭解爸爸的心情，但是無論如何我都想結束生命。

佐志校長 如果你真的很想死……那也沒有辦法……咦？……

對於沒有標準答案的問題，該如何回答？

高橋 嗯——這麼一來，最後會告訴孩子：好吧，那你就去死吧。真是個不懷好意的考驗。不好意思嘍，佐志，這個問題真的很難回答。我讀到這個部分時，真的嚇了一跳，心想：鶴見先生，請你一定要當我的老師。當然，是書本裡的老師。

理由是什麼呢？剛剛提到的問題真的很難，大家都這麼想吧？我自己也這麼認為。不過這對鶴見先生來說似乎毫無困難，所以他能立刻回答。那為什麼我們會覺得這個問題很難？

因為我們都不知道什麼才是「正確解答」。像這種不知究竟有沒有「標準答案」的問題還有很多。如果你問別人究竟為什麼而活，對方應該無法立刻回答，因為不曉得答案。說不定即使試圖尋找「正確解答」，也找不出來，所以無法回答。還有一個原因，我們在學校接受的教育，一直都有「標準答案」。所以當我們遇到問題時，覺得「說不定有正確解答」，於是虛耗了許多時間。那麼，鶴見先生是怎麼想的呢？

鶴見先生表明「如果是我的話會這麼做」。「如果不願意強暴婦女，可以先上吊自殺。」這是鶴見先生假設自己遇到這種情形的回答。他的回答有個特徵，那就是即使遇到重要、困難的問題，仍然會立刻回答。通常遇到這類問題，一般人都會審慎思考。但越是重要的問題，鶴見先生更會迅速答覆。為什麼他可以做到呢？那是因為鶴見先生總是選擇「如果是我的話會這樣」的思考方式。

我們來稍微瞭解一下鶴見先生的背景。鶴見俊輔的父親是日本有名的大臣，所以他是出身名門的少爺。由於他的行為脫序，所以遭到中學退學。甚至因為過於違反常規，所以在第二次世界大戰前被送到美國（笑）。雖然去了美國，但是他不會英文。就讀英語學校後過著百無聊賴的生活，一度忽然得了流感，躺了大約一星期，發高燒到四十度左右，據說他後來在學校忽然靈光乍現般開始懂英文，但是卻變得不會說日文。其實他非常聰明，雖然他在日本連中學都沒畢業，卻進入美國的最高學府哈佛大學。而且據說二戰爆發後，哈佛大學裡的日本人只有他一個。

由於敵國國民的身分，他無法領到畢業證書，並且被關進拘留所，甚至曾以戰俘的身分被送進收容所，不過由於大學成績優秀，所以獲得校方特別許可，得以畢業。後來鶴見先生回到日本。回日本後受徵召成為海軍的通信兵，曾經竊聽美軍的無線通訊翻譯成日文。他想到：「我的個性軟弱，如果上級下令要在戰場殺人，或是強暴婦女，我恐怕不得不照做吧。」所以據說他隨身攜帶氰化鉀，以備萬一遇到這樣的情形，可以先自我了結。

以「自身的經驗」為出發點

高橋　我們再讀一遍剛剛的文章。我想鶴見先生表達的訊息是：「如果是爸爸的話會這麼做，其他的由你自己想。」其中蘊含著鶴見先生所信奉的實用主義思想精髓。如果有時間的話，以後你們可以閱讀關於這類思想的書。我在這裡先簡單說明，實用主義認為這個世界上沒有「絕對的真理」，或許也可以解釋為「沒有正確答案」。舉例來說，或許你們都曾經聽過，主張「我們的神才是真主，信奉其他神祇的人都是異端，殺了也沒關係」的基本教義派，如果說這兩種思考方式正好完全相反，或許會比較好懂。

不過，並不是沒有「正確答案」就可以任意而為、隨便怎麼想都可以。還是必須要有某種基準存在。如果不這樣的話，就沒有思考的依據。因此他們思索的是「自己」，或是「自身的經驗」。這些無疑都是「存在」的。

當然，即使「自己」是「正確」的，這也並不表示「自己的經驗」是最重要的。如果本身缺乏知識與經驗，就應該以缺乏知識與經驗為出發點。因此就會產生想要多方學習的強烈意願。

我們再回到鶴見先生的「答案」吧。正如前面曾經提到過，我們會試著尋找「正確答案」，不知不覺就想得「很遠」。譬如：「人不應該自殺。但是根據什麼？各種道德規範應該都會禁止吧。或是神的命令？出於人類最根本的道德？為了不讓親友悲傷？還是人沒有傷害自己的權利？有沒有哪本書寫出確切的答案？」

不過鶴見先生並不這麼想。他只憑藉自己與自身的經驗。鶴見先生觀照自己的內心，取出「自己能接受的答案」，並且送給自己的孩子。那是身為父親所能給予的最好禮物。獲得建言的孩子究竟要如何處理，又究竟怎麼想，接下來就是他自己的責任。

鶴見先生將單方面的問題，轉換成讓孩子不得不思考的問題，予以奉還。「爸爸是這麼想的喲。同樣身為人，你對這個問題也必須思考看看。不管答案有多簡略都無妨，但除非是你自己想出來的，否則沒有意義。」

而且鶴見先生與孩子之間的問答，彷彿向我們這些讀者傳達出這樣的訊息：必須每天誠實地面對自己，持續思考究竟會有什麼答案出現。自從我開始養育自己的孩子之後，似乎更能明白鶴見先生的這段話究竟是什麼意思。進入這篇文章所代表的「教室」時，鶴見先生彷彿在說另一段話。而且從這段對話中所呈現的父子關係，的確就像「老師與學生」或「大人與小孩」。

《納尼亞傳奇》裡的教授跟鶴見先生一樣，兩人都沒有直接說出答案。只說我會這麼做，不，是我會這樣想，接下來請你們自己判斷。我認為這就是「老師」的角色。感謝有這些「老師」，造就我現在的思考方式。

希望你們也以自己的方式，找到理想的「老師」。雖然我們不知道「老師」在哪裡。所以為了找到啟發自己的人，必須持續觀察世界上所發生的事，仔細聆聽，好好思考。要保持這樣的習慣喲。

職業賭徒——森巢博的教育

高橋　最後在今天的課程結束前，我想簡單地再介紹一位「老師」。這位「老師」叫作森巢博。他的年紀大概比我多三歲，職業是賭徒（笑）。我想有很多人把賭博當嗜好，但是職業賭徒卻很罕見。順帶一提，這位森巢先生堅持「賭場」的日文發音應該是「cashino」而不是「cajino」，據說他在澳洲的賭場謀生，而他的另一個身分是作家。森巢博本人雖然是賭徒，但是他的妻子泰莎・莫里斯・鈴木（Tessa Morris-Suzuki）卻是世界知名的歷史學家。真是相當混亂的組合（笑）。

在他們婚後，小孩誕生時，森巢先生告訴妻子「你現在正處於學術生涯重要的時期，所以育兒就交給我好了」，於是他從「職業賭徒」變成「職業主夫」。他們的兒子在森巢先生的養育下，似乎不容易融入學校與社會，甚至曾經被認為有人格障礙。不過這個孩子其實是天才，連續三年在英語圈二十幾國舉行的數學與科學考試獲得第一名。那麼，森巢先生究竟採取什麼樣的教育方式呢？

在他兒子讀小學時，森巢先生注意到孩子始終不適應學校的教法，覺得「其實不必勉強去上學」，所以購買了當時剛開始出現在市面上的電腦，說「世界的秘密全部都在這裡，你自己去探索吧」，給兒子使用。從那時候起，他的兒子一直透過電腦學習。他明白被貼上「人格障礙」標籤的這個孩子，其實是個天才，已經沒有必要去普通的學校上課。據說澳洲政府甚至為了森巢博的兒子特地修法，讓這位日系移民之子獲得大學入學許可。森巢先生也曾在書中感謝這個國家的寬大。真不得了呢。

於是他的兒子進入美國代表性的大學——加州大學柏克萊分校，在二十歲時成為大學教員（笑）。柏克萊加州大學的純粹數學很有名，出過許多有「數學界諾貝爾獎」之稱的菲爾茲獎得主。他兒子想研究的數學領域相當艱深，全世界只有三名研究者。另外兩名研究者在哈佛大學，據說曾邀請他去哈佛。怎麼都是些難以想像的情節（笑）。不過他在大學任教十八個月後，覺得做學問很無聊，於是辭去大學的教職，接受金融公司挖角，據說成為在東海岸操控高額資金的交易員。現在的金融交易需要複雜的數學理論，所以他選擇了這份工作。當然，森巢博的兒子本身也具有相當能力，不過我也為森巢先生總是以最大限度尊重妻子與孩子的「自由」，覺得深受感動。

那麼，接下來就來讀我所選擇的段落吧。

我所定居的澳洲，預計在西元二〇〇一年將更換國旗，人們以此為目標正在推

行運動，氣氛相當激昂。（中略）

那麼，如果想要更改國旗，應該怎麼做？

首先設置「國旗改革委員會」，公開募集替代國旗的設計。

應徵的作品都很優秀，令人動容。就從通過第一次初選的設計中，列舉幾件我欣賞的設計。

（一）白旗　理由是在戰時很方便。而且還可以依各人喜好畫上圖案，變成個人化的國旗。

（二）將現行國旗的聯合旗部分改為橡膠拖鞋，星星的部分改為五枚啤酒瓶蓋，象徵王冠。理由是在澳洲的海岸，每個人都會穿著橡膠拖鞋，一手拎著啤酒瓶走在沙灘上。或許這是最簡單明瞭可以代表澳洲的事物。

（三）維持原有的設計，但是將英國國旗的部分替換成日之丸旗。理由是我國最主要的貿易出口國是日本。什麼英國，有個屁用。就展現出日圓、日之丸、公害企業吧（註：鐵礦與煤炭、焦炭是澳洲最大宗的輸出品項）。這個設計的優點是，隨著貿易進出口國發生變化，澳洲的國旗也會跟著改變。

（四）無。沒有特別的理由。但是如果兩旁的旗桿上飄揚著其他國家的旗幟，但是最主要的旗桿空無一物，應該會令人相當印象深刻吧。

雖然我覺得遺憾，仍必須向大家報告，我所喜歡的上述四個提案，經過澳洲民眾投票後，並沒有進入第二次預選，全都被淘汰了。

——森巢博，《無國界家族》，集英社

高橋 接下來還有一個段落。包括這樣的內容：

澳洲有位卸任總理叫作保羅・基廷。他在任內從不唱澳洲國歌。在公開儀式等場合必須唱國歌時，明明在場其他人都在唱國歌，唯獨總理不唱。他甚至沒有張開口假裝在唱。

有位新聞記者詢問基廷，為什麼總理您不唱國歌呢？是因為其中有違反您思想、信念的部分嗎？當時他的回答相當精采，甚至成為我考慮定居澳洲的理由之一。

「因為我不曉得歌詞。」

——森巢博，《無國界家族》，集英社

高橋 那麼，瑪雅同學，說說你的感想？

瑪雅 嗯，我不知道該說什麼。

高橋 是嗎。不過你聽懂了吧？

瑪雅 雖然大概知道……

高橋 有沒有人有感想？好，這位男同學請說。

學生1 聽到日之丸的構想通過第一次初選，嚇了一大跳！

高橋 真的很令人訝異呢，明明是澳洲國旗。那你呢？

學生2 我覺得這些國旗的提案都相當獨特，如果在日本的話，恐怕行不通吧。而且我覺得很有趣。

學生3 最後說不曉得歌詞的理由讓我覺得很有趣。

高橋 那你們覺得這代表什麼呢？會不會認為這位總理其實會唱國歌歌詞？

學生3 ……

學生4 我認為他應該記得。

高橋 其實這本書在後面提到，森巢先生在賭場遇見基廷總理。他詢問總理，報導裡提到您不曉得歌詞，那現在的情形如何？對方回答「現在正在努力中」。各位覺得呢？

學生5 其中應該有什麼含義，但我無法理解。

學生6 國旗的提案讓我覺得很獨特，不過他說不曉得歌詞，我想會不會是指雖然記得歌詞，但是不懂真正的意思。

高橋 這比不曉得歌詞還要過分（笑）。還有沒有其他感想？

學生7 我對森巢先生這個人的生存之道開始感興趣。

學生8 雖然不懂「不曉得歌詞」代表的意義，不過我覺得很喜歡——

高橋 你說「很喜歡——」，那為什麼會喜歡呢？

學生8 因為很有趣。

高橋 真的很有趣呢。如果日本首相發言說不曉得國歌歌詞，會引起軒然大波吧。或許這樣的人根本就當不了首相（笑）。總之這段軼事相當有趣，所以我很喜歡。我常常體會到，所謂老師這樣的角色，並不只侷限於單一領域的狹隘知識，不過這也表示，我們每個人要自己尋找答案。所以每當看到老師，對方必須讓我們意識到「我本身還很渺小」。不論是《納尼亞傳奇》裡的教授，或是鶴見先生都是如此。森巢先生跟前面兩位稍微有點不同，他會批判像國旗或國歌這類在社會上造成議題的事件。我覺得最棒的地方，在於明明是很嚴肅冷硬的話題，他卻以開玩笑般的方式描述（笑）。不對，應該說是以非常幽默的態度看待。

從「外側」思考

高橋　森巢先生雖然在前面這段寫得很輕快，但是關於日本國旗或是國歌〈君之代〉，許多人抱持各種各樣的意見，還引起許多爭議，你們或許也知道吧。關於這些「茲事體大」、「嚴肅」的問題，不論是持贊成或反對意見的兩派，大家都覺得必須「認真」回答。像是「日之丸國旗會喚起過去戰爭的回憶，無法令人喜歡」或「〈君之代〉歌頌天皇家系永世不滅，是否適合作為國歌有待商榷」、「不對不對，因為我們是日本人，所以重視國旗或國歌，都是理所當然的」、「像學校這類公共場所，在節日的典禮應該要升國旗唱國歌」等。不過仔細想想，在這所學校看不到國旗，也沒有唱國歌的習慣，或許你們不覺得有什麼「理所當然」（笑）。

就像前面所說的，人們對於重大議題會有許多意見，這時必須從中選擇。不過森巢先生不一樣。他處於爭議的「外側」。森巢先生的書名叫作《無國界家族》。譬如家庭的成員各自擁有不同國籍，說著不同的語言，住在世界上不同的地方，有時候會聚在一起談話。我想森巢先生所謂的「無國界家族」是這個意思。家裡的每位成員都能獨立生活，自由地跨越國境生活。我想依照森巢先生的觀點，像這樣獨立的個人偶然聚在一起，在某段時期共同生活就是「家庭」。而且當時候到了，「家庭」這個單位會解散，各自在世界上的某個地方，組成別的「家庭」吧。

因此從森巢先生的眼中看來，人們為了國旗與國歌口出惡言爭辯，恐怕有些滑稽。即使對於「局內人」是相當嚴肅的問題，從「局外人」的角度來看卻顯得愚蠢。像這樣的例子應該很多。像前面提到澳洲總理表示「不曉得歌詞」（但畢竟是國歌），明明是自己國家的問題，感覺上或許他想表現出「局外」般的觀點。如此寬大、體貼、有趣，實在難以想像。擁有這樣的總理的國家，真令人羨慕。

不過公開徵求新國旗設計案的構想，在日本前所未見。而且竟然還有以日本國旗或美國國旗取代英國米字旗的構想，這類亂七八糟的創意（笑）。不過不妨以整個國家的狀況來思考。在一國之內會有人想出這樣的提案，表示各方面都很健全。

國歌的例子也是如此。聽說現在如果不唱〈君之代〉，在某些學校老師會遭到懲罰。不過這代表什麼意思呢？如果學生目睹這樣的情景，又會怎麼想？孩子們難道不會覺得所謂的國家既可怕，又會對人民施壓嗎？世界上也有不是這樣的國家，存在於現實、思考或想像中。

我認為好老師能夠向學生展現另一個世界，促使他們以有別於過去的方式思考。

什麼是「常識」？

學生　老師，我有疑問。所謂的「常識」是指什麼？

高橋　這是個很好的問題。這是指社會上多數人覺得「正確」的事。不過我們並不知道那是否真的「正確」。

學生　……

高橋　從「這是常識喔」這句話可以得知，這麼說的人本身屬於多數派。不過當事人自己可能沒有意識到。

學生　我在想……我自己認為是常識，也有可能並不正確。說不定有明明不正確，卻認定是常識的情形……

高橋　如果要考量到什麼是「正確」的，或什麼是「常識」，就必須深入思考為什麼這是「正確」的，或是為什麼這是「常識」。如果要運用「常識」這個詞，就必須要小心。

啊，已經超過下課時間了，真抱歉。跟你們上課很愉快，不小心就多說了。今天我所說的話，以及我所欣賞的老師們的文字內容，如果能留在你們心裡，那真是再好不過了。比起我自己，我更想讓大家認識我最欣賞的老師。

那麼，今天的課就上到這裡。明天是第二堂課，課程的標題是「不知不覺，就下筆成章！」。

為明天的課程做準備，我要出「功課」給你們。我在大學教的「語言表現法」，在課堂上我會要求學生照我出的題目寫文章。據說修過這門課的學生，全體在寫作方面都有突飛猛進的表現（笑）。我想把那堂課程搬到這裡來。

平常我不會解釋得這麼詳細，因為課堂上的時間很短，所以我想選幾篇「語言表現法」的學生文章發給你們。你們讀了以後就會懂，不過我完全沒有修改，對於錯別字、漏字、文法上的錯誤完全沒經過更正。當然這是有原因的，我明天就會說明。在「語言表現法」的大學課程，一學年內我大概會出十個題目，這次我想選其中一個題目，請大家回去先書寫關於「我」的文章。通常「我」反而是最難寫的，所以請各位「從旁人的角度描述自己」，懂了嗎？試著假設自己是其他人。

學生1　寫作時意識到要給別人看也沒關係嗎？

高橋　可以朝這樣的方向想，因為我會請你們在教室裡朗讀。

學生2　所謂的旁人，可以是自己想像出來的角色嗎？

高橋　只要不是自己本人，誰都可以。實際上存在或不存在的人都行，甚至不是人也沒關係，隨你們自己選。意思是除了自己以外，誰都可以，甚至不是「人」也沒有關係。明天的課程會從早上九點開始，我八點會先到，所以請在上課前交給導師。請大家愉快地享受書寫的過程，

那麼，我們明天見嘍。

第二天

不知不覺，就下筆成章！

試著以邏輯化的方式思考

高橋　早安，大家睡得還好嗎？我自己有點睡眠不足（笑），因為昨天上課興奮的心情延續到很晚。欸，弘樹，你感覺如何？

弘樹　我沒有覺得特別累。只是下課時間受到壓縮，有點吃力。

高橋　抱歉！今天應該沒問題，因為會準時下課。好，那我們就開始吧。

在開始第二堂課之前，首先請讓我稍微檢討昨天的教學。昨天的課程以「這些都應該讀！」為標題。在我的課堂上，通常大致的內容都已經決定，不過一邊對著大家說話，有時內容還會稍微出現變化。如果問我為什麼，我想課程也是有生命的。不過我昨天太高興，講得太多了。老師話太多並不好。最理想的課程是我什麼都不說，不過那樣就無法出書了（笑）。

昨天我跟大家介紹了三位老師。世界上其實有很多老師，可說有幾百人、幾千人，甚至更多。請你們從自己遇見的眾多老師中，選出最適合的老師。像這樣找到的老師，接下來無論你去見他／她多少次，對方每次都會教你新東西。

先來複習昨天的內容。

首先在《納尼亞傳奇》裡出現的教授，他所重視的是邏輯能力。也就是指對於各種事物都要試著合乎邏輯地思考。說到邏輯，很容易讓人簡單地以為只是正確無誤罷了。不過這位教授想說的事，或許有點可怕。

各位同學瞭解明治時期的歷史嗎？日本現在的教育制度建立於明治初期。明治五年施行「學制」，在日本全國創設學校。不久後就有小學建立，而最早的大學「東京大學」則是在明治十年設立。雖然小學與大學幾乎在同一時期成立，但是理應要銜接這兩者的中學，卻隔了很久以後才真正建立完備。不過在封建制剛結束，進入近代國家的時期，似乎都是像這樣先建立小學與大學。不過到底為什麼會這樣呢？你知道原因嗎，弘樹？

弘樹　因為實際上正需要這兩種學校吧，我想。

高橋　為什麼呢，瑪雅同學？為什麼近代國家會一起設立小學與大學？

瑪雅 嗯……可能先在小學建立基本的知識，學會之後再進大學學習專門知識之類吧。

高橋 只靠在小學學到的知識，真的沒問題嗎？

瑪雅 這我不知道。

小學與工廠的共通點是什麼？

高橋 或許各種問題都是一樣的，這個問題沒有絕對的正確答案。因此有位優秀的心理學家岸田秀，試著從各種各樣的角度「符合邏輯」地思考，最後歸納出以下的結論。首先，大學的任務是培養菁英人才。為了建立剛起步的近代國家，正需要持續引領國家的官員、學者、政治家、企業家。剛誕生的近代國家日本，此時必須盡快培養新興國家所需的人才。因此要讓這些建立大學的人，前往日本試圖效法的歐美先進國家留學。這是理所當然的事。那麼，為什麼又必須設立小學呢？

早在明治以前，江戶時代就有所謂的寺子屋。孩子們在這裡識字與學寫文章。不過能去學習的，僅限於家境寬裕的町人（商人及工匠）之子，而佔人口大多數的農民，依然無緣。對於建立近代國家，以及剛開始統治這個國家的人來說，當務之急就是讓日本從農業國家轉型到工業國家。如果不建立工業，必定會徹底輸給歐美的先進國家。每個國家都歷經過以農業為主的時代，再轉變成以工業為中心，才能算是近代國家。那麼，如果要讓佔國民大多數的農民改去工廠工作，究竟該怎麼安排呢？岸田先生認為農民無法直接變成工廠員工，為什麼呢？

弘樹　或許該先培養他們成為技術人員或工匠。

高橋　這個想法也不錯！不過岸田先生經過「邏輯化」的思考，歸納出以下結論。

農民依循自然的時間而活。因為所謂的農業，是以大自然為對象。日出而作，日入而息，所以夏天在清晨五點就開始工作，到了冬天卻必須等到上午九點才能開始。但是以這樣的時間感，無法成為工廠的勞動者。因為工人必須一整年在同樣的時間起床、在同樣的時間開始工作。

另外還有一點，工廠的勞動必須「符合一定的模式」。譬如在小學裡，上課五十分鐘，休息十分鐘，重複著這樣的節奏。說起來其實跟工廠一樣，工作五十分鐘，休息十分鐘，有時候是工作兩小時休息三十分鐘。這樣的反覆循環是工廠勞動的特徵。而且在工作時間，絕對不可以離開自己的崗位。岸田先生「邏輯化」的思考結果，察覺到小學跟工廠有著相同的本質。

弘樹　是因為時間的關係嗎？

高橋　沒錯。在小學裡最重要的，就是讓學生安分地坐在椅子上，維持五十分鐘。就算學生答錯問題也不會怎樣，但如果不專心跑出教室，一定會挨罵。在工廠裡，不論生產線進行的勞動有多不合理及辛勞，工人都必須默默順從，在一定的時間待在相同的位置。這是勞工應有的態度。

其實越想越覺得工廠跟小學真的很像。有些內容即使可能毫無意義，還是要全部背下來。學生萬一不記得老師寫在黑板上的正確答案，就會被訓斥「素質很差」。儘管對於老師說的話感到質疑，或是覺得有錯，也不敢說出來。而工廠裡的工人只要試圖作出一個稍有不同的製品，肯定會遭殃吧。這麼說來，小學或許也是一種工廠，專門製造會說「是」，對各種指示言聽計從的孩子。

仔細想想，其實真的很恐怖。

自由的邏輯或許很「危險」

高橋　有什麼話想問嗎？弘樹請說。

弘樹　嗯，之前我從以色列人那裡聽來的，據說如果政府想發動戰爭，會改編小學教育的內容。

高橋　沒錯！就是這麼回事。各位同學，我說的是岸田秀以「邏輯化」的方式試著思考小學之謎。所以大家不必認為這樣的意見一定正確，立刻接受。我應該是在很久以前讀到那篇文章，也記得不清楚。說不定我是將岸田先生的意見，加上我自己的看法，最後混在一起。

而且我在這裡想說的，並不是有人為了培養「奴隸」而建立小學；是指持續觀察某件既有的事物，並且多加思考，就會獲得與一般說法或常識截然不同的結論。而且我們不妨自由地思考，要誠實、認真地思索各種可能性。不過岸田先生的這種想法，恐怕屬於在學校這樣的場所，絕對不可能會教的類型（笑）。因為學校正是遵循一般所謂的常識而建立。

然而，學校裡有時候也會出現抱持不同想法的人。昨天你們所讀到《納尼亞傳奇》裡的教授就是如此。「現在的學校難道都不教邏輯嗎？」他不是這樣說嗎？如果思考真的合乎邏輯、道理，或許是正確的，但是有可能在周遭的生活圈、社會與學校受到嫌棄。如果說出實話，也許會被大家討厭，不過有時候可能非說不可。

感覺上《納尼亞傳奇》裡的教授似乎告訴我們邏輯有兩種。引導出考試答案的邏輯不會傷害到任何人。但是這位教授所謂的邏輯，譬如衣櫥裡存在著奇幻國度「納尼亞」，像這樣自由的邏輯，可能會讓人覺得很危險。不過我認為教導像這樣說不定有些「危險」的邏輯，是老師重要的任務。

思考時的基準只有自己

高橋　昨天還提到另一位作家鶴見俊輔。對於詢問「自殺也沒有關係嗎」的孩子，鶴見先生回答，在某些特別的狀況下可以自殺。這也是依照一般邏輯不會出現的答案。他的回答意味著「如果是我會這麼做，但是我不曉得你會怎麼選擇。遇到這樣的情形，一切只能自己決定」。

昨天可能已經說過，我覺得鶴見先生最令人欣賞的是，他告訴大家做決定與思考的基準只有自己。雖然在這堂課已經說過很多次，要分辨什麼才是正確的極其困難。通常如果被問到：你認為自己是對的嗎？也很難回答。不過在面臨選擇、必須思考的時候，我會這麼做，或許可以說我認為只能這樣。基準在於自己。這麼一來，或許有人會覺得太過自由心證。既然一切都以自己為基準，只要依照自己的喜好思考、只做自己喜歡的事不就好了？不對，完全不是這麼回事。

鶴見先生在別本書中寫過「教育其實就是自我教育」。不論追隨多麼優秀的老師，最後老師所能做的也只有提供建議。反過來說，不管追隨再好的老師，獲得豐富的知識與建議，如果沒有辦法靈活運用，最後還是一無所成。對於教導自己要負起最後的責任、最後的老師，其實也只有自己。

各位要意識到，自己的內在還有另一個自己。另一個自己會告誡安於怠惰、跟著一般社會常識隨波逐流的自我「不是這樣喔」、「你要仔細思考」、「你聽！這位老師是這樣說的」，像這樣一直鼓勵自己。如果內在的另一個自己不再出聲，我們什麼都做不了，甚至再也無法成長吧。

所謂以自己為基準，實踐起來其實相當困難。隨時督促自己，就算進步很少，也要持續向前。如果無法達成這樣最起碼的自我要求，那還不如依循社會與一般大眾公認的常識為基準。因為由許多人建立的價值觀，至少不太會出錯。

「晦暗不明的感覺」——吉本隆明的戰時體驗

高橋 繼昨天的課程，還想向你們介紹一位我很重視的「老師」，再開始「下筆成章！」的部分。這位「老師」的名字是吉本隆明。請大家試著閱讀吉本先生所寫的這篇文章。

我為了過去的某件事，感到非常後悔。那時正值戰時，我正處於二十歲前後的年紀。因為戰爭的緣故，我常想著該怎麼做才能打勝仗，進了軍隊一定要有一番作為，腦海裡滿滿都是正向的、有意義的事。因為那時還在讀書，我待在米澤市，學校裡的領導人物提議：既然在一個小時的午休時間內，吃完便當還剩一點時間，我們就利用這段空檔去附近的上杉神社，祈求日本戰勝吧。利用午休的空檔祈求日本打勝仗，並不是什麼壞事，感覺很難提出異議。當然如果有人擁有反戰的堅定信念，應該會反對吧，但我們全然沒有這樣的理念，只是一股腦地想著戰爭一定要贏。

聽到同學提議一起去神社為戰勝祈禱，我雖然覺得「這不是件壞事」，但是總覺得有種晦暗模糊的感覺。究竟要如何才能消除這種晦暗的感覺呢？如果我想一掃這種感覺，或許該以另一種表現方式提出不同意見：「去祈禱的確有意義，本來應該贊成，但我們應該有更重要的事得去做吧。」這樣的意見當然遭到排除。「你到底在說什麼啊？根本不必囉嗦，只要跟去祈求戰勝就好了，反正又不是什麼壞事。」所以我的意見就這樣遭到漠視。這麼一來，我由衷覺得這項行動很乏味。因為的確不是壞事，雖然有點不甘願，我還是跟隨著大家去神社，為日本祈禱勝利。因為我是在第二次世界大戰期間度過青年期的世代，自然會像這樣肯定戰爭、認為該為戰爭齊心協力，一定要贏得戰爭。

在戰爭結束後，我回想起過去的事。當時內心多少覺得有些「彆扭」，但是既然察覺「雖然不是壞事，總覺得有些疑慮」，就應該說出自己真實的感受。這是我在戰爭結束後最常反省的事。

像這樣的經驗在戰後，當我的思考方式逐漸形成，不時會提醒我，有些事不能退讓，必須加以守護。後來雖然不能說每次都會仗義直言，但是我會盡量為不時浮現的疑問發言。例如，目前為止，許多人只會說些要保護綠地之類的漂亮話。對於這樣的發言，如果當我意識到哪裡不對勁，就該表明「我有不同的看法」。所以我一直都在表達這樣的意見。由於我指出「這樣感覺不太對喔」，引來他人的反感。但那是我根據自己在戰時的體驗得來的結果。如果要解釋親鸞這樣的人物為什麼也應該存在於現代，是因為他面對議題，一定會果決地說出自己的意見。

——吉本隆明，《吉本隆明談親鸞》，東京糸井重里事務所

高橋　我晚一點再問大家的感想。在這個段落也有無法簡單說明的概念。如果要解釋那是什麼，或許可以稱之為「邏輯」，甚至稱為「倫理」才是正確的。無論如何，感覺上這段內容好像提到很複雜的某種觀念。不過大家沒有必要立刻理解，我認為讓你們讀這段文章，從中感受到什麼，這樣就夠了。

我覺得最有趣的是，這明明是跟戰爭有關的文章，卻不寫出像「戰爭是錯的」這樣每個人都覺得「正確」的內容。吉本先生原先在戰時並不反戰，如果我們以為他在陳述自己對這件事的反省，那就錯了。吉本先生所描寫的是，他過去認為戰爭是對的，儘管如此，受到同樣主戰的同學們稍加「施壓」，卻覺得無法忍受。或許該說，那是我自己的解讀。不過在這段文章裡，吉本先生試圖表現的卻不是這麼回事。那麼，吉本先生究竟想寫的是什麼？

重視無法言喻的模糊感覺

高橋　在這裡，我想試著稍微提一下我個人的回憶。在二〇一一年的三月十一日，東北地區遭受地震與海嘯的襲擊。當時我所任教的大學，有很多學生前往災區擔任義工。

那時候，我的一位學生前來諮詢。「老師，大家都去當義工了，我好像也應該去，但總覺得似乎沒什麼意願。我是不是很奇怪？」我反問：「為什麼你會這麼想？」這位學生回答：「我也不明白，也許我不喜歡跟大家一起去，也許我討厭『走吧，我們大夥去當義工』的氣氛。如果那裡真的有我能幫上忙的地方，或許就會有不同的想法吧。但是我也不知道那是什麼……」這位學生有著難以言喻的模糊感覺。因此我說「不去也沒關係喲」。因為我認為，必須要重視這種難以形容的感受。

以前還有另一個例子。學校裡有位大一女學生，她有點與眾不同。簡單說，她抱持著或許可說是極端保守的右翼政治思想。她認為憲法第九條只是空論，應該加以修正，自衛隊必須要改制為正式的軍隊才對，日本雖然在第二次世界大戰敗戰，但是對那場戰爭仍然盡了道義，而且她還在課堂上發表這些言論。這麼一來，據說她經常遭到老師極其嚴厲的批判。在我所任教的大學，老師多半是和平主義者。

她曾在有關戰爭與和平的課程中，說出自己的意見，受到多位老師批判：「你真的懂什麼是和平嗎？」即使為這些觀點爭論，涉獵廣泛的老師們不可能同意她的看法。但她還是堅持己見。沒錯，她也曾在我的課堂上明確地表達自己的意見。遺憾的是，她的看法跟我有很大的差異。不過我聽了她的話，不自覺地說「很好」。能夠直言說出跟大家不同的意見，這不是很好嗎。我通常不會主動邀請學生來參加我的講座，但是我問過她：要不要來參加我的講座？

我跟這位女學生的想法截然不同。不過她很認真地讀書，靠著自習摸索出這樣的想法。這樣的努力應該要受到尊重。其他老師當然擁有比她更豐富的知識，對於她意見上缺乏邏輯的部分會嚴加批判。聽了她的話，讓我明白一些事。這位女同學受到批判，老師們的批判確實有可能是正確的，而且她自己的想法或許的確有錯，因為老師們的學養比自己豐富。不過她總覺得仍有想不透的地方，好像哪裡不太對。聽說她曾經考慮休學。我告訴她，保持現狀就好了，沒有必要改變。

當時我這麼想：老師不可以否定學生，絕對不可以。即使學生的觀念有錯。老師們所說的或許是「正確的」，但我認為不要忽略這位同學「好像哪裡不太對」的想法。你們有時候也有這種感覺吧？跟自己的爸媽吵架，雖然父母說的話是對的，似乎不能反駁，但總覺得好像哪裡怪怪的，在內心深處有種幽微的感受，自己也無法理解。

請大家再仔細讀一遍前面的文章。吉本先生是位非常有名的思想家，不過他最重視的，卻是這種每個人都曾經體會的微妙感受。我自己當然也有過同樣的經驗。不論到了幾歲，都無法脫離這種感覺。不過，人究竟為什麼會有這種模糊的感受呢？大家或許會覺得怎麼樣也想不透吧。

也許這是因為不論你我，都是世界上獨一無二的存在。聽起來似乎理所當然，不過在廣大的宇宙裡，無論「你」、「我」都只有一個。儘管世界上有七十億人，

「你」或「我」都僅此一人，甚至也可能是世界上唯一的「例外」，而且我們能夠真正瞭解的只有自己。對於其他人不論怎麼觀察，都不可能看透。或許可說是絕對無法理解吧。

我們必須與其他和自己不同的人相處，而每一個他人其實也是無可替代的「獨立個體」，這樣一來在相處時會很辛苦。這麼一想，昨天讀鶴見老師文章時提到的「實用主義」跟這也有關聯。殺人是對的嗎？不可以殺人喔。是誰這樣想？是我們自己。但是這些想法很難轉化成語言，不容易說明，只是隱隱約約的想法，所以有種模糊的感覺。不過，我們只能憑藉著「想法隱約模糊的自己」為基準思考。

我在你們這個年紀時，曾經以為只要讀了某些書，就能解開世界的奧祕，或許一切都會變得很明瞭。不過事實並不是這麼一回事。我今年已經六十七歲，內心仍存在著隱約模糊的感覺，而我漸漸認為那是最重要的事。這種隱約模糊的感覺存在於我們內心，難以用語言描述，我認為那是最能夠代表我們自己的抽象事物。好，話說到這裡，接下來我們要進入「下筆成章」的部分。

學員的習作①「我的職業是老師」

高橋　昨天我向各位出題目，請大家寫文章。你們交出的作文，現在正在我的手邊。欸，這一份是藤岡萌同學寫的。來，請你在大家面前朗讀自己的文章。

萌　咦——可以跳過不讀嗎？

高橋　不能跳過。因為在課堂上，我完全是個獨裁者（笑）。

萌　唉唷，好嚴格。老師在大學也會這樣要求嗎？

高橋　那當然嘍。這堂課同時也是全世界最「虐待」學生的課程。不過，沒關係，因為大家的寫作能力一定會進步。那麼請站在大家面前，唸出標題。

萌　大家好……這篇文章的標題是「我」。

你好，我叫作M・Y（女性）。年齡的部分……我只想透露自己大約二十幾歲。

很多人說我感覺像長女，其實我是獨生女。不過從中學時代以來，我就在幫忙照顧附近鄰家的小孩，跟他們一起玩。因此我很習慣跟小朋友相處。或許因為這樣的經歷，我到現在還是很喜歡小孩。

我是個什麼樣的人呢？不管面對什麼樣的事，我都會試著表現得很開朗。不過如果要給自己打分數，當然也有缺點，我對於自己容易發脾氣，有時候會口出惡言感到煩惱。

我試著詢問周遭的人，大家說對我的印象是「總是盡心盡力」、「表裡如一，感覺很開朗」，大概就是這樣吧。

我的職業是老師。其實我曾經覺得很迷惘，不知道該不該去當幼稚園或小學老師，最後決定擔任中學老師。決定的關鍵是能夠陪伴學生們精神方面的成長，現在我是中學二年級的導師。

既然從事教師這份工作，為了教育我的學生，我必須成為一個好老師。有時候要訓斥學生，有時候要試著接近他們的想法。如此一來就能幫助孩子們成長，我自己也獲得學生的支持，繼續在教師生涯邁進。能夠當老師真的很好。

高橋 好，文章讀完以後，請在座的大家一起鼓掌！你們的感想如何？

弘樹 我沒有特別想到哪位老師，不過覺得敘述的人樂在教學，老師這份工作真的很辛苦。

高橋 好的，那你的感想呢？

學生1 我覺得有人這樣關照自己，真的——很幸福。昨天在下筆前，萌有透露要寫這個人，我覺得萌彷彿寫活了她所描寫的對象，把此人的形像表現得很好，觀察入微。

高橋 咦，你知道這個人的事嗎？

學生1 是的（笑）。就是某某老師。

高橋 喂，不要說出個人資訊（笑）。

我先說明一下關於這堂課的幾項規則。首先①我會出題目請你們寫文章，但不會對題目加以說明。接下來②文章完成後，會請作者在大家面前朗讀。大家聽了以後請掌聲鼓勵。再來是③詢問大家的感想。這時不可以說出跟前一人相同的意見。

每個人都必須發表不同的感想。越到後來，越難提出不一樣的想法。不過我會一直站在旁邊持續施壓，直到說出新的感想為止（笑）。④不過，我不會對文章做出任何修改。總之大概是這樣。那我們繼續上課吧。好，你的感想如何？說什麼都可以喲。

學生2 因為不能跟前面的人重複，所以我想放棄。

高橋 嗯——如果在大學的課堂上，我只會繼續站著注視同學（笑），這次因為時間不夠，我們就進入下一階段吧。這篇文章的作者，聽到大家的感想有什麼心得？也請告訴我們你自己在朗讀時的感想。

萌 因為不是在寫自己，所以不會像聽到自己的評語那麼害羞。不過接受評論時還是會覺得不好意思。

高橋 的確。接受評論會覺得不好意思吧？就是這樣！

以「澀谷一〇九式」書寫文章！

高橋　我在大學開始教這堂課時，曾經仔細地想過，究竟要怎麼教寫文章的方法才好？當然，文章的寫作方式有很多。接下來則是教怎樣才能寫出「好看」的文章。不過我覺得好像哪裡弄錯了。就像昨天曾經說過，沒有人教過我寫文章的方法。當然，我的確曾經向許多「書裡的老師」學習，這是事實，不過上課時我並不在「書裡面」。上一堂課曾提到，鶴見俊輔先生認為，所謂的教育就是自我教育。寫文章其實也一樣，必須靠自己學習。

好，那教室裡明明有老師在，也有其他學生，在這樣的場合進行「自我教育」，究竟是怎麼回事？這種學習真的有可能達成嗎？這時，身為老師的我似乎該做些什麼，實在傷透腦筋……好啦，其實沒這麼嚴重（笑），不過剛開始想不出教法倒是真的。

那麼，我的「語言表現法」究竟是怎麼想到的？現在就來揭曉祕密。

在東京的澀谷有棟稱為「一〇九」的時尚百貨。在這棟大樓裡，有許多以年輕女孩為客層的服飾品牌。你們不問我為什麼會去那裡嗎（笑）？我看著「一〇九」內進駐的招商，忽然察覺到一件事。每一間專櫃的小姐都很漂亮。為什麼這裡只有美女呢？該不會在面試時就只錄取美女吧。我猜一般或許都會這樣想，不過會去想這麼無聊的小事的人，恐怕很少吧（笑）。但是，我想找出答案。所以我試著向一位又一位的專櫃小姐詢問：為什麼這裡的服務人員都是美女？那時候搞不好我被誤以為是去搭訕的（笑），但是大家都確實回答。而且所有的答案都幾乎相同。你們猜到了嗎？

她們是這樣回答的：「喔，我想大概是因為一直有人在看的緣故。」因為總是有人在看，所以會感到緊張，希望自己看起來可以更美一點。這些店員抱持著這樣的想法，所以變漂亮了。她們說：「所以，如果辭職的話會變得黯然失色！」

我心想「原來如此」，並且想起自己在寫文章方面有著類似的體驗。越是想著會有人讀，正確地說，是越想著會有很多人讀，就越能寫出有可讀性的文章。因此沒有人會修改我所書寫的內容。即使同樣抱持認真寫作的心態，如果意識到他人的視線，不論是書寫的品質或書寫本身，都會隨之改變。

所以不只是書寫，還要站著朗讀自己所寫的文章。在開始朗讀的瞬間，會聽見周遭的各種聲音，包括細碎的耳語、隨著屏息而靜止的呼吸聲、挪動身體時衣服發出的窸窣聲。大家一起發笑、因為驚訝而發出「咦？」的聲音，或是感嘆地冒出「喔」，這些聲音全都會傳進耳裡，然後歸於平靜。也可能相反，聽的人覺得乏味，注意力不集中，氣氛變得散漫。書寫的文字變成聲音，流入空氣中，彷彿像音樂一樣散布到教室各地。我所必須做的，就是營造這樣的場所與空間。在朗讀結束後，我的確會對文章加以說明，但是相形之下，提供讓大家發出這些聲音，以及聆聽朗讀的空間更為重要。

我們的身體會感覺到，聆聽的人對於這樣的詞句、這樣的文章會有什麼反應。在反覆進行的過程中，漸漸地，自然會寫出適合讓人閱讀的文章。我稱之為「澀谷一〇九式」（笑）。當然，這並不是讓文章進步的唯一方法，首先大家應該思考，究竟有沒有必要把文章寫得「好看」。不過像這樣的事，其實從實際在現場寫文章、閱讀、聆聽種種過程中，自然就會明白。

順帶一提，就像剛才進行的方式一樣，這段過程會在書寫、朗讀之後，接著逼大家說出感想，就像在擰乾抹布一樣（笑）。實際上從一篇文章引導出十幾二十個完全不同的感想相當困難。正因為如此，我想請大家比平常還要認真地聆聽朗讀的文章，因為這樣才能實驗究竟會有什麼發現。

我不刪改學生文章的原因

高橋　還有一件事要聲明，那就是我不刪改學生寫的文章。為什麼呢？弘樹你說說看。

弘樹　因為那是創作。

高橋　這是很好的意見，我也這麼想。不過弘樹，你知道我所謂的修改是什麼意思嗎？假設修改某人的文章，改完以後，文章已經不再屬於原本書寫的人，而是變成修改者的作品。甚至更正確地說，是原作者與修改者共同的作品。不過最後要負起責任的是修改的人。但是這樣真的好嗎？明明是自己費心寫出來的內容，卻變成別人的文章。憑自己思考、自己書寫、自己朗讀，接下來再自己思索有沒有別的寫法，我想大家應該比較喜歡這樣的教學，也會更有意願繼續寫下去，我是這樣想的。

所謂的刪改（白板上寫著「不知不覺，下筆成章！」），就是在這裡劃紅線，像這樣打叉（在「！」上打叉，用雙線劃掉「不知不覺」，補上紅字「或許可以」）。你們看，所謂的刪改可以藉由「╳」與「〇」完成。不過我不喜歡打圈叉、劃雙線。經過刪改之後，或許的確有可能讓文章看起來更好。不過這時打上圈叉、劃雙線刪改後，不就變成「正確」的文章？但那真的是「正確」的文章嗎？打圈叉感覺就像面對考試答案一樣。

舉例來說，難道世界上有「正確的小說」嗎？根本沒有這回事。即使存在著有趣的小說、乏味的小說、難讀的小說、發人深省的小說，卻不會有「正確」的小說。如果真的需要那種小說，我們可以刻意寫出「奇怪」的作品或「文法有錯」的內容。這樣說大家懂了嗎？如果以小說為例，小說與一般文章、你們所寫的文章的基準可說是截然不同。不過真的是這樣嗎？小說家在文字運用上完全是自由的，而你們在學校與其他地方非寫不可的文字，不能隨心所欲。因為各種場合都有既定的書寫方式。總之，對於許多事物可以先抱持懷疑。

我想向大家介紹我個人很喜歡的一幕。有位已故的小說家叫作小島信夫，在過世前，他已經罹患輕度失智症一段時間，雖然不太清楚他的病情，不過即使罹患失智症，他還是繼續寫小說。真的很厲害呢。也只有小說家才能夠這樣（笑）。小島先生的小說過去刊登在《群像》文藝雜誌上，其實我也擔任過他的責任編輯，所以會持續注意他的作品。總之，我讀了以後非常驚訝。即使有錯漏字，似乎不影響小說的可讀性……雖然有錯漏字並不好（笑），而且小說裡有明顯與事實不符的地方。

舉例來說，就像寫出夏目漱石的小說《舞姬》，或是石川啄木所寫的小說《少爺》，這類錯誤。

不可思議的是，作品刊登在雜誌前，有專人負責「校對」，應該會仔細嚴密地檢查錯漏字與文法、事實的誤謬。而「校對」絕對不可能漏掉的明顯錯誤，就這樣直接刊登出來，究竟是怎麼回事呢？經過這麼一問，責任編輯告訴我：「小島先生說不訂正也沒關係。我向他確認：可是內容的確有錯，不是嗎？小島先生回答說：『沒關係，因為我寫作時真的這麼想。』」聽到這段話，我非常訝異，因為「筆誤沒有必要更正」。在學校裡絕對不會這樣教（笑）。

小島信夫的小說所教導的「自由」

高橋　其實小島先生也是我重要的「老師」之一。或許就是從剛提到的一幕，我開始把小島先生當成「老師」。當然，小島先生是位優秀的小說家，讀了他寫的幾本小說後，我覺得很佩服。不過光是這樣還不能稱為「老師」。聽到小島先生的逸事，我察覺到自己拘泥於所知的瑣碎「常識」。既然是小說，為什麼非要針對內容一一修正不可？本來如果聽到「因為有錯所以要幫你改過來」，我恐怕根本不會產生懷疑。我發自內心覺得：自己這樣根本不行。當然，不僅是這一幕，小島先生的小說本身正如這段逸事般，揭示出什麼是「自由」。

剛才提到小島先生晚年罹患失智症，他的小說當然也受到影響。但是不管出現什麼樣的錯誤，因為小島先生要求「不要改！」都變得無關緊要。某篇小說剛開始寫著「我」，到了下一行變成「他」，再下一行又變成「小島」，當然這些主詞全都是同一人。他恐怕已經忘了前一行寫過什麼吧（笑）。不，說不定他雖然一度忘記，重讀之後又想起，卻刻意不去更正。明明想寫有五人聚在一起談話的場面，仔細一讀，中途好像變成有六個人。多出來的那個人到底是誰？實在難以理解。如果繼續這樣說明下去，聽起來好像是很難讀的小說，不過如果真的讀了，會覺得很有趣，雖然不明白原因。

在我的課堂上，也曾經選讀過小島先生的小說。當然是他在晚年書寫，難以說明的小說。譬如描述行動不便的小島先生，不小心失去平衡跌倒的情節，整整佔了將近一頁，彷彿跌倒的實況轉播（笑）。來參加我講座的學生平常都不太讀小說，但是接觸到小島先生的小說後，覺得非常感動。我問大家為什麼，學生們回答：「真是太自由了！」

我不小心又話多了。Let it be，「維持原狀吧」，實在不容易。因為老師們察覺到學生有一點小錯，或是稍有不成熟的地方，就會想糾正。不過我想有時候「不糾正學生」也很重要。因此在我的課堂上，我不刪改學生的作品，也不更正錯漏字、文法的錯誤。只是閱讀，稍加說明。

學員的習作②「我住在土裡」

高橋 好，我們來看下一篇文章。這張紙沒有寫名字。「我住在土裡……」，這是誰寫的？

學生 是我……我叫山元花。

高橋 那麼，小花同學，請你大聲地放慢速度朗讀。

小花 是的。標題是「我」。

我住在土裡。這裡有許多小蟲可以作為我的食物，幾乎不用擔心沒東西吃。稍微有點潮濕，又有些溫暖的土壤住起來很舒服，是很適合棲息的環境。

不過土壤住起來雖然舒服，卻不能說是安全的場所。之前我在掘土前進時，發現一隻很大的蚯蚓。因為我很餓，想把蚯蚓吃掉，正準備一口咬下去時，大蚯蚓激烈地團團轉（雖然說這次攝取食物特別辛苦，不過其實我每次吃東西時都很費力。

或許我已經習慣了，基本上我對於吃會用盡全力）。當我跟那隻蚯蚓正在奮戰時，在獵物與我之間有東西破土而入，忽然冒出來。那是隻又大又黑的鳥嘴。我的戰利品就這樣被鳥嘴叼走，消失在眼前。即使因為有土壤遮蔽，看不見蚯蚓與那隻龐大生物的模樣，但我可以想像蚯蚓被鳥嘴壓碎的情景。如果行動時不提高警覺，說不定哪一天我也會受到襲擊。

還有一件事，到了下雨天我就會迷路。雖然我可以察覺危險、找到食物，卻不清楚自己置身在哪裡。總之完全憑感覺，我只會往「啊，待在這裡很舒服」的地方去。基本上我最喜歡濕潤、有很多小蟲可以吃的地方。有時候憑感覺摸索著同時前進，偶然察覺到時，才發現離山已經很遠。最令我迷惘的地方是寬敞明亮的大箱子，雖然我不知道要怎麼稱呼，但就是像那樣的空間。那裡有很多閃耀光澤的大蟲，那是我最愛吃的食物，所以我很開心。但是那裡除了大蟲以外，還有比狙擊我的鳥嘴還要龐大很多倍的生物。他們雖然不會吃我，但似乎非常討厭我，看到我的時候會發出很尖銳的聲音，而且露出恐怖的表情！難道是受到驚嚇嗎？我不想被殺，很想逃走，但實在無處可逃。

這時我已經準備好，萬一遭受襲擊，為了保護自己，我會刺向對方（之前忘了說，我的尾端附有巨大的毒針，用來保護自己或是確保食物不會被搶走）。那些巨大生物曾經對我的同類噴些謎樣的霧，於是那些同類的神經異常，最後甚至死掉。我運氣好逃過一劫，活到現在。為什麼那些龐大生物這麼厭惡我呢？我既懶得去想，也不打算深究。我們明明沒有主動攻擊，為什麼突然間非殺了我們不可？我無法理解那樣的生物。雖然擁有那麼龐大的身體，卻很懼怕我們吧。我缺乏跟他們溝通的方法。要跟那些生物共存似乎有些困難。

今天又下雨了，我說不定會迷路。

高橋　好，接下來要問大家的感想。

學生1　是，聽起來很有趣。

高橋　哪個部分讓你覺得很有趣？

學生1 故事不是以人類為主角。昨天出題目以後只有不到一天的時間，卻能寫出以其他生物為主角的故事，我覺得很厲害。

高橋 好的。那接下來輪到你。

學生2 她朗讀的速度不快，而且聲音夠大，聽起來很容易懂。從文章的內容本身，聽起來似乎很討厭人類，但是能夠描寫出其他生物的感受，這一點非常有趣。

高橋 請繼續把麥克風傳給下一位。

學生3 人都是以自我為中心書寫，我想我寫不出這樣的文章。這方面真的很厲害。

高橋 那你呢？

學生4 ……

高橋 想不出來嗎？越到後來，會變得越難回答喔。那這位同學的感想是？

學生5 能夠發揮想像力，寫出這樣的故事很厲害。會讓人陷入故事中。

高橋 所謂「陷入故事」是什麼意思？

學生5 譬如在剛開始的地方提到卯足全力吃東西，雖然人類在吃東西時不必那麼費力，但是經過想像的延伸，或許人類以外的生物必須卯足全力。能夠揣摩其他生物的心情，真的很會寫。

高橋 嗯。

學生6 在故事裡明確提到的只有蚯蚓，但是關於其他部分的細節都描寫得很清楚，畫面會浮現在眼前，寫作技巧很好。

高橋 的確，明明沒有解釋其他的生物是什麼。

學生7 能夠描寫自己以外的生物，讓我覺得很佩服。

高橋 那麼，這篇故事的作者山元花同學，聽完大家的感想，你自己又是怎麼想？

小花 聽到這些感想，知道大家認為這篇文章傳達了某些訊息，讓我覺得很安心，因為我注意到應該修改的地方，覺得如果可以稍微修飾一下，讀起來或許會更有趣。至於寫作的感想，其實我並不是真的想變成那隻蟲，當蟲類出現在宿舍或學校時，大家都會很驚慌，迅速撲滅。我想說的是：不要再殺蟲子了啦（笑）。

高橋 原來，大家對蟲類都很殘忍啊（笑）。

小花　寫這篇文章很好玩。

高橋　為什麼你會覺得好玩？

小花　舉例來說，我寫的是關於蜈蚣的故事，我試著想像蜈蚣會是什麼樣的心情，還稍微查了一下資料，如果長成相當大隻的蜈蚣，好像有時候甚至會吃老鼠或蝙蝠。能夠吃下比自己龐大的生物，可見擁有驚人的生命力，對人類而言平常輕而易舉的事，對蟲類來說卻要消耗相當大的體力，從人類的角度很難理解昆蟲為了生存必須有多努力。

想像自己以外的「我」，書寫下來

高橋　這次的主題是「我」，雖然有些同學選擇描寫自己以外的「我」，不過你們覺得以「我」為主題寫作時，是寫自己還是自己以外的角色比較容易？

小花 我想比較好寫的應該是自己，但是比較容易讀的是其他對象。

高橋 為什麼？

小花 或許提到自己會感到害羞吧……

高橋 在我所教的「語言表現法」課堂上，每年都會變換各種題目，在一年內我會出十到十三個題目要大家寫。因為如果維持同樣的題目我會膩（笑），所以每年盡量更換題目。

不過，第一次都是以「我」為主題。如果要解釋為什麼維持這樣的慣例，或許是因為「我」這個主題很無聊（笑）。

我大概能夠理解。因為如果要學生寫，大家幾乎都會寫自己在哪裡出生、如何成長，父母親是什麼樣的人，目前就讀明治學院大學幾年級，興趣是什麼，寫得像履歷表一樣。原來是這樣啊，我想如果出「我」這個題目，很容易寫成這種風格。當然，還是有少數學生沒有寫得這麼中規中矩。

總而言之，在四月的第一堂課我會請學生以「我」為題目書寫，到了翌年二月的最後一堂課，再讓學生寫一次「我」。當然這兩篇的內容完全不一樣。在第一次的時候或許因為充滿自信，毫不猶豫地會書寫「我」，以及關於「我」的事。但是經過一年以後，大家都變了，就像有人會寫出「我不懂自己」這樣的文章。嗯，現在「我」竟然蛻變成陌生的「蜈蚣」了，這或許是一種進化（笑）。大家應該多少還算瞭解自己吧？但是經過一年以後，大家可能發現自己也不瞭解自己。弘樹，你想說什麼？

弘樹 我覺得有各種各樣的情形。有時候會想多瞭解自己一些，但有時候卻寧願不要想太多。因為有各種各樣的可能，有時候連是不是真的認識自己，都不明白了。

高橋 的確是這樣喔，連是不是真的認識自己，都不明白。就像弘樹所說的，我最近越來越覺得自己是個謎。小花同學呢？

小花 我雖然不瞭解完整的自己，不過至少可以掌握其中一部分。

高橋 嗯，的確是這樣。在第一次要大家寫「我」的時候，同學們寫的是已知的

「我」，多半在寫自己。但是過了一年以後，大家開始想挑戰未知的「我」。到了第二次的時候，每個人筆下的「我」幾乎都是他人。譬如「我」的尾端有毒針。在一年之間，大家嘗試過各種各樣的題目，過去原本相信「是這樣」，覺得理所當然、連想都沒想過的事，轉為「說不定是這樣」，其中最難以理解的謎恐怕是自己，這我就不必多加解釋了。想像自己以外的「我」加以描述，也等於在思考未知的「我」。這時請那些學生試著再寫一次「我」。這麼一來，關於「我」的寫法一定也會隨之改變。

關於寫作，的確不是件容易的事。不論閱讀什麼，或是想寫什麼，其實都是透過語言在思考。邊讀邊思考、邊寫邊思考。既然這樣，如果一開始就知道答案豈不是很無趣？

學員的習作③「我也不懂我自己」

高橋　好，接下來讀下一篇文章。這一篇也沒有寫名字，「我也不懂我自己」，這是誰寫的？

學生　是我。我叫鈴木亞由野。

高橋　原來是亞由野同學。請朗讀你的文章。

我也不懂我自己。如果問我原因，我立刻可以回答。因為我沒有看過我自己，即使想看也看不到。說得具體一點，有時候我的腳是透明的。而且我常常飄來飄去、游移不定。

當我肚子餓的時候，會利用腳。我的腳好像有「毒」。我會藉著這種「毒」殺死自己想吃的獵物，然後再從容地開始進食。

我的周圍通常是藍色的，有時候也會變成黑色，通常在這樣的時候，從上方會滲透出黃色。

我總是獨自一人，但是經常有人越過我身旁。譬如巨大的某種生物、綠色輕飄飄的物體、還有粉紅與銀色各種各樣的生物。即使我試著發出聲音，對方也聽不見。是不是我的聲音太小，還是對方沒有在聽，甚至根本看不到我？我完全不明白，因為沒有人回應。以後會不會有誰出現，終於能回答我的問題？

我總有一天會看見自己吧？我究竟是什麼？

高橋 亞由野同學，你朗讀後有什麼感想？

亞由野 我覺得很不好意思。

高橋 為什麼？

亞由野 雖然我不是在寫自己，但是唸出來給其他人聽還是會害羞。

高橋 在「紀伊國學園」常有機會寫文章吧？你平常就覺得害羞嗎？

亞由野 不會。因為平常沒有拿出來朗讀。

高橋　沒錯，如果只是寫，不會讓人覺得不好意思。我自己認為會害羞也沒關係。就像我昨天曾經說過，小說家本身如果不是讀者，就無法成為小說家。光只是寫還不夠。我是這樣想的，雖然聽起來有點不可思議，如果在寫稿時想著不會有其他人讀，根本提不起勁。想到會有人讀，就會很緊張，彷彿轉換成不同的人格。因為會不好意思，所以覺得緊張。我已經以小說家的身分書寫了超過三十年，到現在還是會覺得不好意思，但就是在不好意思的狀況下，才能夠寫出好作品。不必提醒自己現實世界有讀者，即使只有自己會讀，為了僅此一位的讀者感到羞怯，就已經夠了。

不過亞由野同學的情形並不是這樣。

亞由野　我是因為只有自己受到注目，所以害羞。

高橋　沒錯，不論做什麼，只要在別人的眼光之下，就會覺得不好意思。在朗讀的時候，觀察大家的反應，心想「好冷淡啊」或是「那傢伙是不是以為我是笨蛋」，要承受各種各樣的眼光，接受不同觀點的檢視，所以會覺得不好意思。不過，面對這些反應的人會變得更認真。好，那你的感想呢？

學生1 很容易聽得懂。

學生2 明明故事帶有一種可愛的氛圍，卻提到殺死獵物，讓人覺得很酷。我喜歡這樣的反差。

高橋 你是說反差嗎？不錯耶，這是個新的詞彙。好，那各位的感想如何？

教師1 目前為止朗讀的人，讓我隱約覺得對方想擁有文章裡提到的特質。雖然我不曉得是有意識還是無意識地這麼想。

教師2 所謂看不見令人感到不可思議。雖然不曉得在描述什麼，但是用字遣詞有打動人心的力量。

教師3 在一夜之間可以發揮想像力寫到這種程度，真的很厲害！對於色彩的描述也很吸引人。

高橋 好，大家的感想就聽到這裡。作者亞由野同學，請說說你的感想。

亞由野 我想傳達某些訊息，能寫出來真好。

高橋 謝謝你。那麼，我也稍微分享一下自己的感想。

整篇文章從「我也不懂我自己」開始，其實是關於水母的故事。不過有趣的是，如果繼續讀下去，會覺得好像在描述某個人。「我也不懂我自己。如果問我原因，我立刻可以回答。因為我沒有看過我自己。」是不是這樣呢？多麼奇特的人，竟然沒看過自己！難不成是透明人嗎？或者其中有更深的意義。這麼說來，我平常也看不到自己的舉動，是這樣的意思嗎？我只有在照鏡子的時候可以看到自己，所以我也只見過自己的倒影。

亞由野同學雖然試著描寫水母，卻在不知不覺間，碰觸到「我」不為人知的一面。在書寫時，似乎深入連自己也感到陌生的內心世界。不過書寫這件事，的確有不可思議的力量。比起直接探索「自我」，將毫無關係的對象當成「我」加以描述，會透露更多訊息。

在「語言表現法」的課堂上，我通常只告訴學生題目，不多加說明，因為希望他們在花心思書寫的過程中，自己領悟到「藉由這樣的方法可以寫得出來」。

在學生開始動筆前，我不可以告訴他們：其實有這樣的方法喲、你可以試著這樣想想看。

學員的習作④「我的名字是布朗」

高橋　好，那我們來讀下一篇文章吧。標題是「我的名字是布朗」。這篇是誰寫的？

學生　是我，我叫戶田航士朗。

我的名字是布朗。我不曉得自己今年幾歲，但是我不會變老，一直維持在小孩的狀態。我沒有上學過，爸爸總是在家裡喝酒，所以我跟媽媽必須工作。工作真的很辛苦，有時候不得不做些跟犯罪很像的事，因為危險，所以我心裡覺得很累。不過我並不討厭所有的工作，其中也有我感興趣的事。像我跟夥伴們會製作果汁。我們用那邊樹木的果實及其他成分為原料，以適當的比例混合後榨汁。其中也包括大家說不應該放的樹木果實，混合了多種成分，讓果汁變得更好喝。有一天我們試著送去城裡賣，結果出乎意料地受歡迎，接下來也賣得很好，由於銷路好所以開始有人跟進。幸好有果汁可以賣，我不必再從事像過去那麼辛苦的工作。不過，由於大家都在榨汁，城裡樹木的果實都被摘光了。我又不得不重返以前操勞的工作。

高橋 好，弘樹，你聽了這篇文章有什麼感想?

弘樹 或許這是我自己非常個人化的解讀，如果把樹木的果實改成石油或煤礦，這個故事似乎在暗示人類的未來。我覺得很有趣。

高橋 是的。下一位。

學生1 帶有像詩或小說般的氣氛。覺得跟先前朗讀的文章有著截然不同的感覺。

學生2 聽到「我不會變老」，會想著為什麼要加這句話，看不出來跟後半的內容有什麼關聯。好像是個非常孤獨的少年。

學生3 提到「重返以前操勞的工作」，雖然未加說明卻發人深省。

高橋 航士朗同學，你寫這篇文章時，有沒有參考過什麼其他作品的內容？這篇文章進行的方式很獨特，讓人覺得似乎受到某些影響。

航士朗 這是我自己想出來的，其中有個不會變老的主角，叫作布朗。

高橋 原來如此。那你聽到大家的感想，有什麼想法？

航士朗 聽到大家的感想，沒想到同學們說這篇文章像小說，讓我既高興又驚訝。我想要是把細節交代得更清楚就好了。

高橋 同學反映這篇像小說，因為他的名字叫布朗、不會變老、不去上學、從事類似犯罪般的工作……每一項描述都很明確。根據這些可以發展成更龐大的故事，根據這些要素塑造主角，我想一定會跟這篇習作一樣有趣。

航士朗 是的，應該會很有趣。

高橋 讀過某篇故事後，也可以試著想像自己是其中的主角。試著成為其他人創作的故事裡的人物，然後思考這個人物是個什麼樣的人。如果自己稍早讀過一篇故事，覺得這樣還不夠，自行想像就好了。經過這樣重新編排過，或許自己讀過的故事就拋到腦後了。作者沒有完成的部分，自己或許可以做到。航士朗同學，謝謝你。

啊——一不留神，已經接近下課時間了。雖然還想請同學們讀更多文章，但是這堂課該進入尾聲了。

別人寫不出來的文章——木村泉的遺書

高橋　那麼，我想接下來該做個總結。不過實際上不可能歸納出簡單的結論。

今天的課程是「不知不覺，就下筆成章！」，昨天請大家回去寫的文章，在課堂上也請同學們讀了幾篇。在大學裡的課程是每週一堂課，一學年有三十堂課。一學年的時間真的很重要，要濃縮成一堂課實在很難。不過只要能讓你們覺得稍微有一些啟發，我會很高興。

最後請翻開昨天發給你們的講義，其中有部分從《關於老人的美麗死法》這本書影印下來。這篇詩文的作者也是我重要的老師，她所寫的是像這樣的內容：

在過去四十五年間一直如此任性
真的很抱歉
受到大家包容、照顧
實在不好意思
因為我的腳完全不能動
很容易變得不耐煩　請原諒我
當墓旁的青木長高以後
將成為田邊的樹蔭　遮蓋頭頂
太囉嗦會被嫌棄　請聽我說

一個人出發
又一個人回來的旅途
去見花之女童
很開心
各位 晚一些
還請多多關照

二月二日 二時

——朝倉喬司，《關於老人美麗的死法》，作品社

仔細一看，這也是篇錯誤百出的短文。不過我想沒有比這更美、更確切的文字。

這篇詩文描寫的是一位叫作木村泉的女性。我先稍微介紹一下木村泉的生平。

木村泉誕生於明治二十四年（一八九一年），群馬縣吾妻郡的農家，畢生都是默默無聞的農民，持續勞動。在木村泉的晚年，大約是昭和三十年（一九五五年）發生

的事，她因為跌倒，導致大腿骨骨折，從此只能臥床，無法繼續幫忙農務。也因為如此，她在這一年二月於自宅上吊身亡。

木村泉是典型的日本農民，大多數的農民都很貧困，必須不間斷地工作，沒辦法去上學，更何況她是女性。所以幾乎沒上過學的木村泉並不會寫字。那麼她是如何完成這篇短文呢？

她持續以心有未甘的表情望著天花板，有一天特地費力起身坐進暖桌，以捲起來的棉被支撐身體，開始跟四月剛進小學的孫子學寫字。

老婦人不符合年齡的學習，持續了好幾天。

她的家人都很驚訝。尤其是她兒子，記得自己還在讀小學的時候，只要在家裡一翻開教科書，就會被斥責：

「別光是讀書，快起來工作！」

或是「在家裡根本不必用功，學校裡已經學得夠多了」。

跟過去明明是同一人的母親，現在卻邊發出「あ」或「い」的聲音，跟孫子一起讀繪本。兒子只能以訝異的表情看著這一幕。

總是忙得毫無喘息的空間……從早到晚如果不勞動幹活，就覺得心裡不舒坦，她就是這樣的人……所以根本無法整天躺著，什麼事都不做吧。

老奶奶早就有「想要學認字」的念頭吧。但是怎麼樣也說不出口，到了現在這樣的狀態，或許覺得該付諸行動了。

面對突如其來的改變，家人推測的原因是這樣。但是他們並沒有察覺到駝著背坐在暖桌前的老奶奶內心真正的意圖。當然要求能夠「察覺」未免強人所難，不過有些讀者可能已經猜到了，她是為了留下遺書給家人，因為這個唯一的目的而開始習字。

——朝倉喬司，《關於老人美麗的死法》，作品社

高橋 木村泉畢生都在貧困中勞動。但是自從她的大腿骨骨折，就變得無法工作。

她認為無用的人不應該再繼續活著。這是她一生身為農民，無形中內化的道德感。雖然她的家人或許並沒有這麼想，但是她認為不能因為自己行動不便，繼續給家人造成負擔。如果保持沉默，一樣還是可以死。但是木村泉有話想傳達給家人。雖然這些話難以說出口，但是她很想留下這些想法。而且她以前不會寫字。木村泉所寫的是短文，其中還有錯漏字，而且幾乎沒有漢字，由平假名與片假名參雜在一起。這是木村泉畢生唯一寫過的文章。那時她六十四歲，為了寫遺書而學認字。這是我非常喜愛的文章，原因有很多。

首先，木村泉並沒有在學校習字。正確地說，她或許曾經短暫地去上學過，稍微學會，但是在每天沉重的勞動中日漸遺忘。所以她以自學的方式識字。

昨天曾經提到「所謂的教育也就是自我教育」，這就是木村泉所做的事。她為了自己，以一己之力教育自己。我雖然寫過很多文章，但是回想起來，我書寫的動機恐怕沒有木村泉那麼明確。她的短文之所以清新，是因為目的很明確。她有非寫不可的理由。而且雖然完成的內容不完全、錯誤連篇，但是以另一種意義來看卻是

「完美」的。而且我無法想像還有比這更能夠「傳達」心聲的文章。如果刪改這樣的作品，豈不是很奇怪？這篇遺書凝聚著木村泉這個人的所有特質。或許甚至該說，木村泉這個人彷彿就在文字的另一端。

這是我理想中的文章之一。我雖然是作家，卻寫不出這樣的內容。其他人也不可能寫出這樣的文字。

將「自己」不可思議的存在，轉化為語言

高橋　我一直提到自己的「老師」。老師就是啟發我們的人，雖然我們自己必須付諸行動，但卻不是直接模仿老師。像木村泉就是靠自己走向「自我」，而陪她走完最後一段路的則是「語言」。

如果我們可以跟她一樣，將隱約而又不可思議的「自我」轉化為語言，那就太好了。藉著透過語言描述，我們或許可以稍微更瞭解自己。在讀了這篇遺言之後，對於這位從未謀面、出生在不同年代的木村泉老婆婆，感覺好像真的有所瞭解。這是為什麼呢？雖然她不懂寫作的技巧，短文裡到處都是錯漏字，還有些讓人覺得奇怪的字句。但是，我們還是看得懂，文中且強烈傳達出某些訊息。那是因為她有無論如何都想表達的心情，這種例子非常罕見。不過在語言的世界角落，有這樣的人存在，留下這樣的文章。我總是提醒自己，要寫出能夠讓她讀，也不會感到羞愧的文章。

你們也要找出屬於自己、存在於某處的老師的文章。那位老師擁有你們所缺乏的某項特質，如果向對方請教，將會獲益良多。不過，如果自己什麼都不問，對方也不會透露什麼，我們必須自行前往「老師」所在的地方。「老師」通常存在於書中，不然就是衣櫥的深處（笑）。請大家從這些地方主動找出自己的老師。這兩天謝謝大家來上課，希望我們有一天會再相見。

另外我還有些話，想告訴學校裡的大人。

這所「紀伊國學園」讓人覺得很自在，我認為是很理想的教育環境，接下來仍請各位試著理解孩子們的想法。我經常提醒自己一些原則，最後我想將這些話跟各位分享。

教育不是件容易的事。我總是留意絕對不要否定孩子們。孩子們有時候不理會大人的話，或是有太多意見想表達，不過我們大人也有許多缺點。缺陷很多的大人，自然會培育出問題很多的小孩，就算過程不順利也是理所當然。我們所能做的，就是對於孩子們犯的錯、與眾不同的地方，仍然要給予肯定。

在最後的尾聲，我本來想為大家朗讀一段演講稿，標題是「左撇子的畢業典禮賀詞」，那也是我很喜歡的一位老師，《地海傳說》的作者娥蘇拉·勒瑰恩接受某所女子大學邀請，在畢業典禮發表的演說。在美國有邀請名人在大學畢業典禮賀詞的習慣。賈伯斯的賀詞也很有名。其中勒瑰恩的這篇講稿真的非常精采，不過遺憾的是，現在沒有時間朗讀了。請大家下課後再仔細讀，希望有機會聽到你們的感想。我們的「第五又四分之三堂課」就到此結束。謝謝大家，再見。

＊在本書中的引用段落，已補充旁注標記。（編輯部）

Y!Torch19

探索問題比尋找答案更重要

答えより問いを探して

國家圖書館出版品預行編目 (CIP) 資料

探索問題比尋找答案更重要 / 高橋源一郎著；嚴可婷譯 . -- 初版 . -- 臺北市：天培文化有限公司出版：九歌出版社有限公司發行 , 2022.04

面； 公分 . -- (Y!Torch ; 19)

譯自：答えより問いを探して

ISBN 978-626-95775-1-4(平裝)

1.CST: 寫作法

811.1 111002677

作　　者 —— 高橋源一郎
譯　　者 —— 嚴可婷
構　　成 —— 品川裕香
責任編輯 —— 莊琬華
發 行 人 —— 蔡澤松
出　　版 —— 天培文化有限公司
台北市 105 八德路 3 段 12 巷 57 弄 40 號
電話／ 02-25776564・傳真／ 02-25789205
郵政劃撥／ 19382439
九歌文學網　www.chiuko.com.tw
印　　刷 —— 晨捷印製股份有限公司
法律顧問 —— 龍躍天律師 ・ 蕭雄淋律師 ・ 董安丹律師
發　　行 —— 九歌出版社有限公司
台北市 105 八德路 3 段 12 巷 57 弄 40 號
電話／ 02-25776564・傳真／ 02-25789205
初　　版 —— 2022 年 4 月
定　　價 —— 300 元
書　　號 —— 0302019
I S B N —— 978-626-95775-1-4

"KOTAE YORI TOI O SAGASHITE"
© Genichiro Takahashi 2019
All rights reserved.
Original Japanese edition published by KODANSHA LTD.
Traditional Chinese publishing rights arranged with KODANSHA LTD.
through Future View Technology Ltd.

本書由日本講談社正式授權，版權所有，未經日本講談社書面同意，不得以任何方式作全面或局部翻印、仿製或轉載。

Complex Chinese edition copyright:
2022 TEN POINTS PUBLISHING CO.,LTD.

ISBN：978-626-95775-1-4
EISBN：9786269577538 (PDF)　　Printed in Taiwan

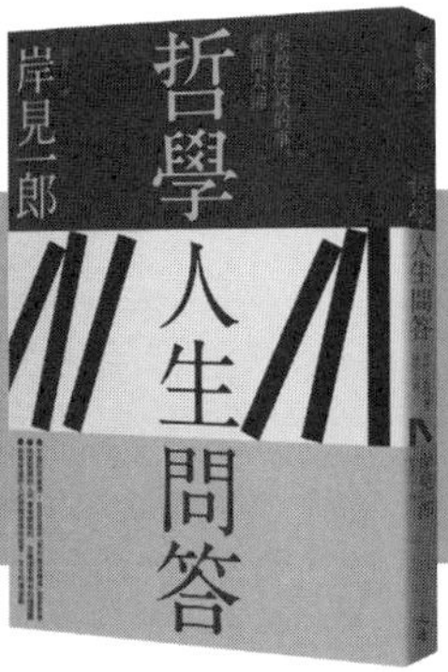

哲學人生問答

★ 《被討厭的勇氣》暢銷作家、哲學家岸見一郎，關於人類、生命最核心的思考，以最平實的方式闡釋，從青少年到為人父母者都應該讀的一本書。

★ 四十一道人生問題，含括個人、教育、人際、工作、未來以及生命的意義等面向，哲學家的回答，引領讀者思考屬於自己的答案與信念。

所謂的幸福到底是什麼？為何無法切身感受、理解幸福？
不知道該如何畫分他人的評價和自己的想法……
家人的人生和自己的人生，應該以何為重？
對什麼事情都提不起興趣，覺得生活索然無味……
面對想自殺的人、與病魔纏鬥的人，可以做些什麼呢？
怕被人討厭而活得小心翼翼，這樣真無法獲得幸福嗎？
無可避免得和討厭的人打交道，該怎麼做才對？
找到想做的事情，就會產生動力嗎？
我不喜歡自己，也沒有自信，該怎麼辦？
對於不知道如何發揮自己價值的人，有什麼建議？
沒有人際關係就找不到自己的價值嗎？

我們總有許多關於人生的疑問，而學校未曾教導的事，就讓我們一起問大師吧！
哲學家岸見一郎以最淺顯易懂的方式帶領讀者討論哲學生命問答。

哲學的中心命題，關於人生，目標可說是追求幸福、活出自我。但是什麼是幸福、又如何活出自我，岸見一郎藉由提問者的疑惑，提出思考，例如：人只有「該做的事」、「想做的事」、「能做的事」三件事，其中能做的只有「能做的事」而已。
要有「拿出結果」的勇氣，了解自己的選擇應該承擔的結果。
要能告訴自己「就算我不特別，但這樣的我就夠了」。
帶著「只有當下」的想法，認真過好每一天。
為了今天這一天，努力活在今天。

歷史是一雙靴子

★ 日本歷史學家磯田道史與讀者談「歷史的思考」，輕鬆幽默，卻又發人深省，想要知道為什麼要讀歷史的人，應該讀的一本書。

★ 從人類為何有「歷史」概念開始，到人類為何需要歷史、我們如何看待歷史，與歷史對我們此刻生活的重要性，讓讀者理解，歷史絕對不是教科書上需要背誦的條目而已。

我們為什麼要學習歷史？
我們究竟為何需要歷史？
我們又該如何看待歷史？

九歲時就受到家旁邊挖出的歷史文物震撼，感受到歷史長河漫漫，而成為歷史學家磯田道史，與讀者輕鬆談「歷史」。

會因為古老事物而感動不已，除了人類之外，應該沒有其他生物擁有這種情緒。人類能夠飛越空間和時間，將其他個體的經驗當作人類共有的財產，從中學習到如何採取下一步的行動，讓自己可以過得更好，或者是傳下愚昧的想法，留給後代歧視和偏見。

因此，作者也提醒大家，想要理解歷史，應該特別注意的問題，例如對史料的信任與懷疑，對各種歷史敘述的視角與觀點，保持警醒的辨識。

而這些建議，並不只是運用在歷史學上，更是我們在寫下歷史當下的每一刻，都該銘記於心的原則——因為世上到處充斥著真真假假的大量訊息，而每個人正行走於其間。

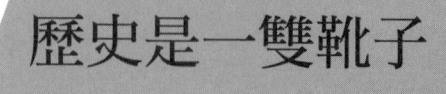